해바라기 피는 마을

해바라기 피는 마을

이계진 지음

맑은소리
맑은나라

그 리 움

수선화의 전설이 된 노인

물에 비친 자신의 모습을 연모하다가 그 물에 빠져 죽어 수선화가 되었다는 수선화의 신화처럼, 어처구니 없이 내가 그 꼴이 됐나 보다. 20년 전에 방송가를 떠나 국회의사당으로 끌려가서 헤맬 때, 돈이 없어서 국민과의 소통의 창구로 시작한 블로그 글이 270여 편이나 된다. 어느 날 그 글을 다시 꺼내 읽다가 우습게도 내가 내 글에 취했다. '왜 이러지?' 하며!

처음이 아니다. 서재를 바라보다가 가끔 나는 젊은 날에 내가 쓴 책을 빼 들고 읽어 본다. 어떤 때는 멍하니 그 자리에 서서 정신없이 그 책을 읽다가 내가 내 글에 빠져 들기도 한다. 가끔 웃기도 하고 또 가끔은 스스로의 감정을 제어하지 못하고 눈물이 날 때도 있다. 치매인가? 나이 들었다는 이유밖엔 왜 그러는지 나도 모르겠다. 생각해 보면 지나친 자기 사랑이 아닐 수 없다. 수선화에 얽힌 신화의 주인공이 된 것처럼!

여기 나의 세 번째 수필집인 '해바라기 피는 마을'에 실린 글은, 내가 내 PC에 써 놓고 십여 년 동안 잊고 있다가 어느 날 우연히 읽게 된 글에 도취돼서 책을 낼 생각을 하며, 최근에 노인이 된 마음과 눈으로 바라본 세상 이야기를 보태서 책으로 엮은 것이다. 그러나 여기 실린 글은 어딘가 치우치지 않으려고 노력하며 썼음을 당당히 말하고 싶다.

부족함도 함께 고백한다. 그리고 수선화의 신화를 말하며 이 세상에 내 놓은 내 글을, 독자들은 어떻게 대해 줄지 참으로 궁금하다. '맑은소리맑은나라'에 감사한다.

2024년, 그 겨울이 지나 꽃피는 봄 5월에 이계진

해바라기.
참, 멋없고 단순해 보이지만
알고 보면 꿋꿋하고 당당한 꽃이지요.

생각한 바가 있어서 저의 블로그 애칭을
'해바라기 피는 마을'로 했습니다.
홀로는 멋쩍어 보여도 군집해 피면
황홀하리만큼 아름다운 꽃밭이 되지요.

수만 평의 해바라기 꽃밭을 상상해 보세요.

그 해바라기 꽃밭에 서서 생각나는 말은
아마도 '그리움'일 겁니다.

'해바라기 피는 마을'에서 들려드리는 이야기를 기대하세요.

해바라기 피는 마을

목차

글 이계진

삶의 흔적

스치는 단상들

여의도를 오가며

지구촌장 이계진

삶의 흔적

어린왕자에게

2011. 5. 18.

안녕, 어린왕자!

이렇게 부르고 보니 정겹다.

어린왕자는 잘 있었겠지만 알다시피 나는 한동안 마음고생을 좀 했지.

그런데, 요즘은 다시 내 자리로 잘 돌아온 느낌이야.

그래서 어린왕자에게 내 마음을 전하려고 이 글을 써.

사람들은 내가 어떻게 지내는지 궁금해 해.

물론 나에 대한 사랑 때문이지.

고맙고 감사할 일이야.

어린왕자!

지나고 나니, 지난 일 년은 꿈을 꾼 것 같았어.

지금 내 마음은 아주 평온해.

고백하건대 한때는 조금 힘들었고.

내가 옳고, 남은 그렇지 않다는 생각 때문이었을 거야.

그러나 그것은 내가 판단할 일은 아닌 것 같아.

사람들의 생각이 중요한 거지.

그리고 그것은 '이상'만으로 판단할 일이 아니고

'현실'의 문제라는 생각을 했어.

그리고 어린왕자가 말했듯이 '중요한 것은 눈에 보이지 않는' 것 같아.

내 근황을 전하자면,
지금 고향에 살며 서울을 자주 오르내리지.
그럴 수밖에 없는 것이, 내 인생의 45년 타향살이 가운데 거의 대부분은
서울살이였으니 그동안 맺은 인연의 끈이 좀 많겠어?
기쁜 일 슬픈 일 찾아다니고, 모임에 가고, 회의에 가고, 음악회에도
가고, 그동안 못 만나 뵌 분들 등 사람들을 만나 밥 먹고 술 마시고, 피치
못할 주례도 서고, 간혹 강연도 하고, 사람들 북적대는 명동거리도 가 보
고, 여행도 다니며.
참, 그동안 금쪽같은 '손자'가 둘이나 생겼어!
얼마나 귀엽고 예쁜지. 미안하지만 어린왕자보다 더!
순전히 손자들 보러 일부러도 서울에 가고.

바라건대 손자들이 어린왕자의 생각을 닮았으면 해.
꽃을 사랑하고 별을 사랑하고 순수하고,
그리고 한 사람을 지극히 사랑하고….

그렇게 살고 있어.
요즘은 글도 삼가며 쓰지 않고, 세사와 자연을 보며 그냥 '느끼며' 살지.
다만 시간의 여유가 있으니까 좋은 책을 골라 읽고, 내가 쓴 열 권쯤의 책

을 다시 읽어 보며, 내가 살아온 세상과 세월을 다시 반성해 보기도 해.

나는 불교인이야.
어린왕자는 별나라에서 왔지만 종교가 있다면 '기독교'일 거라고 생각했어. 하지만 책에서 본 어린왕자의 생각을 정리해 보면 그 생각의 내면은 '불교적'이라는 생각을 해. 내 생각이 그렇다는 거지.
어쨌든 이 기회에 경서도 좀 읽고 있는데, 불교 관련 책은 『선방일기』와 『사벽의 대화』라는 책이 지극히 좋았고,
『히말라야를 넘는 아이들』과 『부생육기』는 다시 읽었는데 『부생육기』는 여전히 지루하다는 느낌이었어.
어렵지만 『묘법연화경』도 고요한 아침, 저녁으로 소리 내어 독송하고 있어.
며칠 전부터 두 번째 독송을 시작했는데 한 번 더 읽으니까 조금 더 알 듯도 해. 그런데 역시 깊고 어려워.

아, 어린왕자!
수다를 떨다, 내가 오늘 어린왕자에게 하고 싶은 말을 잊을 뻔했어.

주말이면 나의 삶이 배어 있는 곳, 화계산 산골에 들어가서 자연 속에서 숨 쉬며 농사 흉내를 내며 살지.
감자, 고구마, 고추, 쑥갓, 상추, 오이, 호박, 가지, 토란, 피망, 봄배추 등등

을 심었지.

자두, 살구, 배, 복숭아가 열리기 시작했고.

벌써 15년이 된 그런 나의 새로운 삶이 이어지는 곳! 『산촌일기』의 산실!

요즘 마음이 아주 평온하다고 어린왕자에게 말했지만,

그러나 가끔 느껴지던 고독과 외로움이 엄습한 어느 날,

홀로 차를 마시며 이런 생각을 했지.

'내게는 사랑하는 가족이 있고, 친구가 있고

나를 걱정해 주는 지인들이 있다!

나는 지금 감옥에 있지 않다!

나는 지금 조사를 받고 있거나 쫓기고 있지도 않다!

나는 지금 종합병원에 누워 있지도 않다!

나는 지금 사지를 움직여 노동할 수 있다!

나는 지금 내 눈으로 아름다운 세상을 볼 수 있다!

나는 지금 먹을 것이 없지도 않다!

이것만으로 충분한데,

사치스럽기 짝이 없게도 '차'를 마시고 '술'까지 마실 수 있다니,

'술'까지!

나, 그 외 무엇을 더 바라랴!

어린왕자!

이런 생각을 하고 나니,

어렵지만 일탈 없이 내 자리를 지키며 살아온

지난 일 년이 새삼 대견하고 행복했다는 것을 느끼게 됐고,

간혹 힘들어했던 순간순간이 있었음에 부끄러워서 이 글을 쓰게 됐어.

어린왕자 고마워, 안녕!

이 글을 읽으시는 모든 분들,

아름다운 봄날에 행복하시라!

살구 맛을
아시나요?

2004. 7. 21.

01
—

살구 맛을 아시나요?

어쩌면 도시에 사는 사람들 중에는 살구를 못 먹어 본 사람도 많을 것 같습니다.(살구는 왜 '살구'일까, '죽구'가 아닌 것이 다행이라는 생각.)

내 어린 날의 살구는 초여름 과일의 대표이자 '왕'이었습니다. 말랑말랑한 것이 배고픈 우리에겐 최고의 먹을거리였어요. 그 집에 살구나무가 있느냐 없느냐 하는 것은 말하자면 그 집 아이의 '힘쓰기'와도 관계가 있을 정도였으니까요.

풋살구 때부터 눈독을 들이기 시작해서 가끔 덜 익은 놈을 따서 깨물면, 그 새콤한 맛에 입안 가득 침이 고이곤 했지요. 이 순간에도 그때처럼 침이 흐릅니다.

초보 의정활동에서 오는 긴장과 피로를 풀기 위하여 주말에는 시골집에서 하루쯤 쉽니다. 때마침 살구가 잘 익었는데 지난 주말에는 그 새콤한 살구를 털어서 '잼'을 만들었지 뭡니까!

숲속에 누렇게 떨어진 살구로 파티를 하던 개미 떼를 쫓아내고, 한 바구니 주워 물에 잘 씻어서 몇 개를 집어먹어 보았더니, 침이 고이는 것은 똑같은데 맛은 예전과 같지 않았습니다.

나도 벌써 배부른 사람이 되어 있었던 거지요. 그렇다고 해서 버리자니 죄가 될 것 같아, 아내의 힘을 빌리지 않고 기본 원리를 생각하며 순전히 느낌으로 잼을 만들었습니다.

마당에 솥을 걸고 살구를 넣고 끓여서 곤죽이 되면 엉성한 체에 걸러 씨와 질긴 껍질을 뺀 과육즙만 남깁니다. 그 과즙을 은근한 불로 졸이는데 '적당량의 설탕'이란 도대체 얼마나 넣으라는 건지 고민이 되더군요. 너무 많이 넣으면 설탕 범벅이 되어 살구의 고유한 향미가 죽을 것이고, 너무 적게 넣으면 새콤하고 씁쓸한 것은 물론 보존이 잘 안 될 터이고.

결국 한국인 특유의 적당량(?)을 계량도 하지 않고 느낌으로 가늠하여 설탕을 붓고 잘 저으며 졸였더니, 아 글쎄 '잼'이 됐지 뭡니까.

장작불에서 나는 매콤한 연기 때문에 눈물이 질질 흐르고, 옷이 흠뻑 젖도록 땀이 났지만 난생 처음 만든 잼에 대한 신기함과 뿌듯함으로 통쾌하기까지 했습니다.

그날 만든 잼의 양은 무려 3리터! 1리터는 옆에서 조수를 하셨던 교감 선생님께 선물(선물인지 애물인지 모르겠지만)했지요. 만들어 놓은 지 1주일쯤 됐는데 제가 먹어 본 바로는 썩 괜찮은 맛이더라고요.

우리는 지금 배부른 세상에 살고 있지요. 아직도 배고픈 사람이 있다는 사실을 자주자주 잊고 살고요. 배고프지 않은 것이 얼마나 행복한 건지 모르고 사는 사람들이 많은 것 같습니다.

'살구'를 모르고 사는 세상이 두렵습니다. 새콤해서 싫다. 씁쓸해서 싫다. 하긴 캘리포니아산 귤에 플로리다산 자몽에 칠레산 포도가 가게마다 가득하고 시도 때도 없는 수박이 지천인 세상인데 그까짓 살구……

예전에는 이웃집 누구네 아들딸이 취직했다고 하면 꼭 물어보던 말이 있었지요.

"밥은 먹여 준대? 잠도 재워 준다든?"

우리의 허리 굽은 할아버지와 할머니가 사시던 그리 오래되지 않은 시절의 일입니다.

02

얼마 전에 고향 원주에 다녀오던 길이었습니다. 나, 이 부장,
이 비서관 이렇게 셋이서.

뒷자리에 앉아 원주 시내의 이런저런 간판을 읽으며 달리는데,
거리 안쪽 한 편에 '이판사판 감자탕' 가게가 있는 겁니다. '이판
사판?', '이판사판?' 하면서 혼자 웃다가, 왜 상호를 그렇게 지었
을까 궁금해졌지요.

'손님, 이판사판 많이 잡수세요!' 일까?

'에라, 이게 마지막 장사다. 올 테면 오고 말 테면 말고!' 일까?

아니면 '이판사판 먹고 보자!' 일까?

주인의 깊으신 뜻을 알 수가 없었지요.

혼자 키득거릴 수가 없어서 앞자리의 두 '이씨'에게 말했더니 이미 알고 있다더군요. 그러면서 재미있는 간판 이야기를 뒤이었습니다.

이 비서관은 춘천에서 공부를 했는데, 대학 다닐 때 다니던 포장마차 거리의 옥호屋號가 연속으로 '이판사판', '엉망진창', '혼수상태'였다더군요.

아, 그 재미있는 옥호 때문에 젊은 술꾼들의 건강은 얼마나 악화일로로 치달았을까요.

'이판사판'에서 몇 잔 하고, '엉망진창'에서 마구 마시고 나서, 항상 마무리는 '혼수상태'로 끝냈음직하니.

우리 셋은 한바탕 유쾌하게 웃었습니다.

그대들을 위한
돌탑

2004. 11. 18.

03
—

원주에는 명산 치악산이 있고 그 최고봉인 비로봉(속칭 시루봉) 꼭대기에는 거대한 인공 돌탑이 있습니다.

제가 중학생이었을 때로 기억합니다. 어느 해, 어느 달, 어느 날부터인지는 모르지만 까마득히 멀고 높은 산꼭대기에 무언가 뿔이 보이기 시작한다는 수상한 소문이 퍼졌습니다.
호기심이 있는 사람들이 그곳에 가 보았고, 그곳에 누군가가 거대한 돌탑을 쌓기 시작했다는 사실이 알려졌지요.
그 배경에 이런 이야기가 있습니다.

원주에 사는 빵 배달꾼이 있었습니다. 그는 몹시 허약했는데 어떤 계시와 염원을 안고 밤낮으로 험한 산길을 타고 홀로 외로운 탑쌓기를 몇 년간 계속해서 돌탑을 완성했던 겁니다.

그 염원이 무엇인지는 모르지만 강변에서 주운 돌을 지고 1,288m 높이 산꼭대기까지 오르내렸을 것을 생각하니 나의 어린 마음은 슬펐습니다.

우리나라 어느 산을 가더라도 산길에는 돌탑이 자주 눈에 뜨입니다. 누군가의 염원과 소망이 담긴 돌들이 하늘을 향해 쌓이고 높아진 겁니다.

누구일까요?
돌을 얹은 이들은.

지난여름 금강산에 갔을 때도 길가에 흔히 볼 수 있는 아주 볼품없는 작은 돌탑을 마주한 적이 있습니다. '탑'이라고 하기에는 너무나 작고 초라하지만 거대한 돌탑도 출발은 이러했을 겁니다.

그 탑은 아마 '북녘사람들'이 아니라 저와 같이 금강산 관광을 다녀간 '남녘사람들'이 쌓기 시작한 것은 아닐까요.

보잘 것 없는 이 돌탑에 돌을 올려 둔 사람들은 어떤 사람들일까요?

누구일까요?
이곳 금강산까지 와서.

혹시 여러분의 부모님은 아닐까요?

자식을 생각하며, 남편을 생각하며, 아니면 통일을 생각하며 간절한 소망을 담아서, 명산 금강산 산길에 돌을 쌓으면 꼭 이루어지리라고 생각했을 것 같습니다.

여러분도 물론 부모님을 사랑하고 자주 생각하긴 하겠지만, '여러분'이 '가끔' 부모님을 '생각할 때'에 '부모님들'은 여러분을 '생각하지 않을 때'가 '가끔' 있을 것입니다.

금강산에서 만난 어느 할머니는 80세가 넘으셨다고 들었는데, 거의 기역 자로 꺾인 몸으로 산에 오르고 있었습니다. 죽기 전에 금강산에 한 번 올라야 하겠다는 일념으로 기운차게 걷고 또 걸으셨습니다.

아마 길가의 돌탑은 이 분과 같은 어르신들이 자식 생각에 얹어 놓은 돌들의 탑일 겁니다.

할머님의 몸은 쉴 때만 바로 설 수 있습니다. 아마 할머니의 자손들을 키우느라 몸이 그렇게 되셨겠지요. 우리의 부모 세대는 그렇게 격동의 시대를 살아왔고, 후회와 미련 없이 떠나실 겁니다.

어린이날에 생각하는
어느 '얼짱'의 죽음

2005. 5. 2.

04
—

촌장이, 어린이날 '하고 싶은 말'이 있습니다.
어른들이 보고 깊이 생각해 주세요.

얼마 전 서울의 한 과학고등학교의 '얼짱' 학생회장이 아파트
에서 투신하여 꽃피는 봄날, 아름다운 세상을 떠났습니다. 최근
두어 건의 유사한 사고가 또 있었고요.
키가 1미터 80센티에 얼굴이 잘생겨서 '얼짱'으로 통했다고
하며 '영재'들이 다닌다는 과학고에서 학생회장을 맡고 있었다
지요? 이만하면 충격이 아닙니까?

무엇이 그를 자살하게 했을까요?
내가 그라면, 그가 가졌던 것 가운데 한 가지 조건만 갖추었어

도 씩씩하게 살았을 터인데요. 그런 조건 없이도 씩씩하게 살고 있고요.

1984년 L.A.올림픽 유도 무제한급 결승전 이야기를 들려드리겠습니다.

결승에서 만난 선수는 일본의 유도왕 야마시타(YAMASHITA) 선수와 이집트의 유도왕 라슈완(RASHWAN MUHAMED) 선수였습니다. 세기의 대결이었지요.

그런데, 사실은 야마시타는 왼쪽 발목에 부상이 심했고 라슈완은 최고의 컨디션이었습니다. 우승은 라슈완의 것이나 다름이 없어 보였지요. 말하자면 라슈완이 야마시타의 발목만 건드리면 깨끗하게 한판승이 가능했던 겁니다.

놀라운 것은 막상 경기가 시작되자 야마시타는 전의를 불태웠고 승부는 쉽게 나지 않았다는 겁니다. 그 이유를 알아차린 것은 스포츠기자들과 전문가들이었습니다.

라슈완은 기회가 생겨도 상대의 아픈 발목을 절대로 공격하지 않고 정당한 기술을 거느라 땀을 뻘뻘 흘리며 공격다운 공격을 못 하는 것이었습니다.

아! 금메달을 위하여 약물도 사용하고 반칙도 하는 올림픽 현장에서 상대의 아픈 발목을 건드리지 않다니….

경기는 감동 속에 계속됐고 결국 노련한 야마시타는 라슈완을 한판으로 제압하였지요.

"야마시타 금메달!!"

그런데 이게 웬일입니까?

스포츠기자들은 전 세계에 이 아름다운 승부를 전하면서 금메달을 놓친 라슈완의 스포츠 정신과 아름다운 마음을 더 극찬한 것입니다. 금메달 선수의 빛이 오히려 바랜 겁니다.

세상의 모든 스포츠 애호가들은 라슈완에게 고개를 숙였지요.

이 세상을 살아가는 데는 '지고도 이기는 법'이 있습니다.

금메달보다 값진 은메달이 있음을 누가 알았겠습니까.

올해 초 어느 과학고등학교 졸업식장에 가 보니 졸업생이 몇 명 안 되더군요. 알아보았더니 이미 2학년 때 대학에 간 학생이 많아서 3년을 채운 학생이 불과 몇몇이었던 겁니다. 그러니까, 2학년 때 대학에 가야 부끄럽지 않다는 거지요.

그럴까요?

시험을 잘 보고 대학을 가기 위해서만 고등학교 과정이 필요한 걸까요?

3년의 학제를 지켜야 할 진정한 이유는 없는 걸까요?

삶에 대한 깊은 성찰, 인생의 가치관, 무엇이 행복인지, 사회에 적응하는 기본능력 키우기, 이런 모든 것을 골고루 배워야 하는 거 아닌지요.

'얼짱'이 아파트에서 투신하는 세상이라면 '비얼짱', '비영재', '비부자'들은 어쩌란 말인지요.

어린이날 아이들에게 그런 이야기들을 해 주면 어떨지요?

이 세상은 살아 있다는 것만으로도
태양을 볼 수 있다는 것만으로도
숨을 쉴 수 있다는 것만으로도
밥 먹고 차를 마실 수 있다는 것만으로도
가족과 함께 있다는 것만으로도

사랑하고
살아가야 할
행복한 공간 아닌가요?

9988124, 건배!!!

2006. 3. 21.

05
___

"9988124(구구팔팔일이사), 건배!!!"

술 이야기가 아닙니다. 모임에서 들었던 '건배사' 와 '건배 구호' 에 대한 이야기입니다.

요즈음 '건배사' 와 '건배 구호' 가 다양하고 재미있는 세상이 됐습니다. 예전에는 가장 흔한 것으로 '건배!' , '축배!' 를 외치면 끝이었는데요.

요즈음은 건배 제의자가 어쩌고 저쩌고 이야기를 하고는 "이 모든 것을 위하여!" 하면 참석자들이 "위하여!" 하기도 하고, 선창자가 멋들어지게 "지화자!" 하면 "좋~다!"로 합창하기도 합니다.

그런데 지난번 어떤 모임에 갔을 때 아주 희한한 건배 구호를 들었습니다.

선창자 "자자, 따라 하세요. 힘차게 9 9 8 8 1 2 4, 건배!!!"
참석자 "9 9 8 8 1 2 4!!!"

박수가 짝짝짝 나왔고 이어서 허허, 껄껄, 박장대소에 와자지껄, 웅성웅성이었습니다. 사실은 건배 제의를 하러 나온 사람이 마이크 앞에서 한숨을 쉬며 다음과 같은 말을 했던 것입니다.

"듣자하니 부모들이 몇 살까지 살았으면 좋겠느냐는 설문조사를 했더니 말입니다…."

평균을 내 봤더니 65살이 나왔다는 겁니다.
물론 어떤 젊은이들은 부모님이 100세 장수하시기를 바란 경우도 있겠지만 평균을 내니 그렇게 나왔다는 겁니다.
특히 '여기 모이신 분들의 자녀는 부모님 만수무강을 바랐을 것'이라며 위로까지 했습니다.

"자, 그러니 우리 모두 잘 먹고 운동하고 건강하게 오래오래 부부 해로해서 100세는 못살아도 99살까지 병 없이 팔팔하게 살다가 어느 날 하루 이틀 앓다가 자식들한테 할 말이나 하고 떼꾹 죽어 버리는 복을 누립시다. 그런 뜻에서 '9988124'를 외칩시다!"

그날 이후 또 다른 모임에서 들었던 또 하나의 이야기가 있습니다.

"딸만 둘을 둔 엄마는 비행기 안에서 죽고, 딸만 하나 둔 엄마는 싱크대 앞에서 죽고, 아들만 둘을 둔 엄마는 길바닥에서 죽고, 아들만 하나 둔 엄마는 양로원에서 죽는다."

웃었지만 웃고 나니 씁쓸했습니다. 또 하나의 이야기가 있습니다.

어느 골프장에서 골프를 하며 팀별로 밀려 나가는데, 앞서가는 팀이 홀컵 부근에 몰려서 신중에 신중을 기하며 도대체 진전이 없더라는 겁니다. 그래서 캐디에게 돈 따먹기 내기를 하긴 하는 모양인데 대체 얼마짜리 내기이길래 저렇게 신중한지 슬쩍 알아봐 달라고 했답니다.

잠시 후에 그린홀까지 다녀온 캐디가 하는 말.

"한 형제들끼리 치는 내기 골프인데요. 지는 사람이 부모 모시기 내기를 하고 있대요."

"9988124!!!"

아들에게

2006. 4. 26.

06
—

아들이 아무 날 아무 시에 혼인을 합니다.

주례 선생께서 전화를 주셨습니다.
예식장에서 아버지로서 장가가는 아들에게 하고 싶은 말을 준비하라는 것이었습니다. 나는 전화를 받고 며칠 동안을 생각해서 이런 말을 하기로 준비했습니다.

아버지다.

눈앞에는 어린 너의 모습만 보이는데 벌써 장가를 가는구나. 오늘 결혼을 하는 너에게 하고 싶은 말을 생각해 보니 천 가지도 넘을 것 같다.

그러나 그중에 몇 가지는 꼭 이야기해야겠다고 생각했다. 그 당부들은 아버지가 살면서 잘 실천했던 것도 있고 실천하고 싶었지만 상황이 어려웠던 것과 그래서 제대로 실천하지 못한 것들도 함께 있다.

아버지 어머니가 살아온 방식이 그렇게 잘못되지는 않았다는 생각에 아버지의 말을 많이 참고하라는 뜻으로 말하겠으니 부디 마음에 새겨 두거라.

제일 먼저 건강하거라!

너는 갓 낳아서 몸이 약했었다. 지금은 매우 건강하지만 건강에 게을리하면 다시 옛날처럼 몸이 약해질 수 있다. 명심하거라.

부부간에 막말은 입 밖으로 내지 말고 항상 참아야 한다.

모든 화는 입에서 나온다. 그리고 남들로부터 아내에 대하여 들은 말은 거르고 걸러서 좋은 말로 바꿔 전하도록 해라. 말은 그렇게 전하는 법이다.

컴퓨터에 매여 있는 현대인들이 불행해 보일 때가 많다.

너는 특히 업무가 컴퓨터를 가까이하는 일이니 가능하면 컴퓨터 앞에 앉아 있는 시간을 줄이고 여유의 시간을 내어 자주 수필과 시를 읽거라. 예를 들어 피천득 선생의 수필 작품은 인생을 아름답게 할 것이다.

내외가 함께 자주 시를 읽어 마음을 깨끗하게 하고 법정스님의 『무소유』를 가까이 두고 때때로 읽어 행복한 부자가 되도록 해라. 일 년에 한 번은 꼭 『어린왕자』를 읽어 삶의 철학을 갖도록 해라. 몇 번을 읽고 또 읽어도 새롭기만 한 책들이다. 그리고 삶이 힘들수록 자연을 찾아 위안을 받는 것도 잊지 말거라.

처가 어른들과 아버지 어머니를 똑같이 생각해서 아들이 없는 처가에는 아들 노릇을 할 수 있도록 해라. 그래야 네 처가 시가에 딸처럼 할 것이다. 그것은 매우 중요한 방법이며 삶의 지혜이다.

혹 살다가 싸울 일이 있을 것이다. 싸울 때는 싸우되 싸운 뒤에는 네가 먼저 입을 열어 화해하거라. 아버지도 그렇게 했다. 마음이 얼마나 가벼운지 모른다. 아무래도 남자가 여자보다야 강자이니까.

그리고 이제 결혼하면 분가하여 따로 살 터인데 처음에는 의무로, 나중에는 네가 좋아서 즐거운 마음으로 양가를 찾거라.

그럴 때마다 꼭 무엇을 손에 들어야 한다는 생각은 하지 말거라. 그런 생각 때문에 일가친척 방문을 힘들어해서는 안 된다. 마음만 갖고 오면 아버지 어머니는 너희들이 오는 것만으로도 충분히 반가울 것이다. 양가 아버지 어머니는 다행히도 먹고살 만하다.

그러나 너희들 생활 속의 소비는 쓰기만 하는 것도 바보짓이지만, 벌기만 하고 모으기만 하는 것도 비슷한 바보짓이니 어려서부터 훈련받은 대로 적절한 소비와 저축으로 균형 잡힌 살림을 하도록 해라.

아버지는 부자이지만 지금도 절약한다. 적게 소비하고 물질에 너무 집착하지 마라.

아버지는 지금 20년 된 손목시계에, 바닥을 세 번 수선한 구두를 신고 있고, 네 엄마가 사준 9만 원짜리 양복을 입고, 구형 전화기를 쓰지만 부끄럽지 않다. 외형보다 내면을 키우며 살거라.

예를 들면 꽉 짜인 일상에 용감하게 시간을 내어 가난한 나라들을 여행하도록 해라. 어려운 시대를 살았던 아버지 어머니가 꼭 권하는 말이다. 여행비는 항상 적금을 들어서 마련해야 행복할 것이다. 보너스를 타서 바로 여행비로 쓰면 행복하지 않단다.

너무 당부가 많지만 천 가지쯤에서 골랐다.
몇 가지만 더 당부하겠다.

아이들을 낳을 것이니 그 아이들을 기를 때는 자연을 많이 접

하도록 해라. 웬만하면 방 안에서 키우지 말고 흙을 밟도록 해야 한다.

그리고 아이들이 조금 큰 후에는 네가 해 온 봉사활동을 아이들과 함께 다니면 좋겠다. 아버지는 네가 아버지 모르게 봉사활동을 다닌 것을 알았을 때 참으로 대견하고 흐뭇했단다.

결혼하면 알게 되겠지만 세상은 혼자 사는 것이 아니니 주변의 모든 사람들에게 늘 감사하고 살거라. 아파트 경비원 아저씨에게도 늘 감사하거라. 네가 늘 하던 대로만 하면 좋겠지만 결혼을 하고 나서 오직 내 가족에만 빠지지 말도록 해야 하겠다.

오늘부터 아들은 아버지 어머니의 품을 떠나 가장이 된다.
책임이 무겁다. 그러나 누구든 완벽하긴 어렵고 그저 엎어지고 넘어지며 열심히 살면 될 것이다.

여기에서 어머니의 부탁을 한 가지만 더 말하겠다.
네 처를 믿으라는 것이다. 그래야 네 처도 너를 믿을 것이다. 부부간에 가장 중요한 것은 사랑이 우선이 아니라 오히려 신뢰라고 생각한 어머니의 당부이니 잊지 말거라. 그런 부부는 변함없는 사랑으로 행복하단다.

내일부터 우리 아들이 조금은 달라질 터인데 어떻게 변할까 궁금하다. 그러나 달라지더라도 너무 빨리 변하지는 말거라. 아버지, 어머니는 너를 부르면 "네, 아버지!", "네, 어머니!" 하며 명랑하게 대답할 때가 늘 좋았다. 결혼 후에도 그렇게 해 다오.

너무 많았다. 다 기억하기도 어려울 것이다. 그러나 천 가지 당부 중에서 골라 뽑은 것이라는 것을 이해해라.

우리 아들 두용이가 결혼하는 날에 아버지와 어머니가 마음을 모아 말했다.

잘 살거라!

IMF 스님과
여권시대 수녀님

2006. 8. 17.

07
——

"나라가 망하다니······. 그래도 산하는 남지 않겠는가!"

'국파산하재國破山河在!'를 외치던 어느 학자의 말이 생각납니다. IMF 경제체제 때였습니다.

그 무렵 법정 스님을 만난 자리였지요. 스님께선 특유의 유머 감각으로 산중山中 소식을 전하셨습니다.

"요즘 IMF 출가出家가 많은가 봐요. 이다음에 그 스님들이 옛일을 회상할 때는 'IMF 스님'이 되겠지요?"

좌중이 크게 웃었습니다. 경제가 어렵고 살아갈 앞날이 걱정되니 평소 출가를 꿈꾸던 불자들이 결심을 굳혔을 것입니다. 보릿고개 시절에도 배고파 출가한 분들이 계셨다고 하니, 전혀 이상한 일은 아닐 것입니다.

효봉曉峰 대선사는 속세에 계실 때 법정에서 피고인에게 사형을 선고하시고는, 사람이 사람에게 사형을 판결했다는 참을 수 없는 번민과 괴로움에 법복을 벗어 던지고 그 길로 엿장수가 되셨다가 결국 출가하여 득도하셨다지요.

어느 종교든 성직자나 구도자가 된 동기는 사회 현상과도 무관하지 않을 겁니다.

엊그제 아내는 자기가 좋아하는 수녀님을 뵙고 왔다고 했습니다. 아내는 불교인이지만 가끔 만나 뵙는 그 수녀님을 너무나 좋아해서 자매의 정을 느끼는 것 같았습니다.

수녀님이 편찮으셔서 병문안 차 갔었다네요. 그 고통스럽다는 '항암주사'를 맞는 날이라서 위로를 드리고 응원하기 위해서였답니다. 아내는 평소에도 수녀님을 위해서 가끔 기도하고 있으니까요.

머리를 깎으셨더랍니다. 파르라니 깎은 두상이 얼마나 고우신지 꼭 비구니 스님 같으시더라며 우리는 웃었지요. '수녀복을 입으신 스님'이라는 생각에요. 투병으로 고통스러우시겠지만 티없이 환하게 웃는 모습이 천사 같으셨던 모양입니다.

아내가 그러더군요.

"요즈음은 젊은 수녀님들이 드물대요. 여자들이 혼자 살 수 있는 세상이 됐고 경제문제도 독립할 수 있어서 그렇다네요."

산중山中의 소식과 다르지 않다는 생각을 했습니다.

항상 맑은 생각과 변함없는 신앙심으로 사람들의 존경을 받으시는 분들께서 건강하셔야 휘청거리는 필부들의 삶이 갈피를 잡지요.

아내가 좋아하는 그 수녀님을 뵌 적은 없지만 아마 그림 속에서 봤거나 영화에서 뵌 어떤 아름다운 수녀님의 모습일 거라고 생각합니다. 쾌차하셔서 건강하시기 바랍니다.

힘내세요 수녀님!

어미개의 모정

2006. 12. 20.

08

병술년 개띠 해가 지고 정해년 새해가 밝아 옵니다.

아름다운 모정의 개 이야기로 해바라기 피는 마을의 '송년잔치'를 대신할까 합니다.

이 이야기는 나의 어느 수필집에 썼던 이야기임을 밝힙니다. 그 수필집이 절판되어 살 수 없어서 다시 회상해서 씁니다.

내 고향 '원주'의 문막은 예로부터 뗏목과 배가 한강의 물길을 따라 오르내리던 교통과 물류의 요지였습니다. 문막은 서해에서 생산된 소금이 배에 실려 물길을 거슬러 올라와 쌓이는 곳으로 옛날에는 큰 소금장이 서기도 했답니다. 소금장에는 봄·가을로 많은 사람들이 소금을 사러 왔고요.

문막에서 80리 떨어진 '횡성'에 사는 사람이 하루는 소금을 사러 새벽밥을 먹고 지게를 지고 집을 나서는데, 검둥이가 따라나서더랍니다.

"이것아, 몸도 무거운데 어딜 따라와?"

지게 작대기를 저으며 검둥이를 집으로 몰았지만 가다 보면 다시 녀석이 따라 오더랍니다.

"어허, 어서 집으로 가! 오늘 내일 새끼를 낳을지도 모르는데 힘들어서 안돼!"

횡성에서 문막까지 80리 길인데 컴컴한 새벽에 떠나 무거운 소금 가마니를 지고 부지런히 집으로 돌아온다고 해도 왕복 160리니 새끼 밴 녀석을 데리고 다녀온다는 것은 무리였답니다.

그러나 자꾸 야단을 치며 쫓아도 검둥이가 저만치 거리를 두고 따라오기를 계속하다 보니 어느새 같이 갈 수밖에 없는 곳까지 이르게 되었습니다.

80리 길을 걸어 문막에 당도하여 소금을 사서 지고는 되돌아 횡성으로 가려고 하는데, 아뿔싸! 과로한 만삭의 검둥이가 장 한 모퉁이에 새끼를 낳아 버린 것입니다.

세 마리!

측은한 녀석……. 주인이 먼길 떠난다고 동무해 주려고 했겠지만 배가 땅에 닿을 지경인 무거운 몸을 이끌고 어쩌려고 80리 길을 왔는가, 하며 주인은 검둥이에게 두런두런 말했지요.

"여기 꼼짝 말고 있거라. 내가 이 소금 가마니를 어쩔 수 없으니 부지런히 집에 갖다 놓고 내일 날이 밝는 대로 널 데리러 오마."

주인은 다시 80리 길을 되짚어 무거운 소금 가마니를 지고 횡성으로 돌아오는 내내 검둥이가 불쌍하기도 하고 문막까지 따라온 것이 원망스럽기도 했습니다.

다음날 새벽, 주인은 고단하기 이를 데 없었지만 강아지를 태워 올 소쿠리를 얹은 지게를 지고 집을 나서려는데, 마당에 검둥이가 엎어져 있는 것이 보였습니다.

검둥이는 엎어져 있는 것이 아니라 숨져 있었고, 마루 밑에서 들려오는 이상한 소리에 다가가 보니 강아지들이 고물거리며 어미를 찾고 있는 것이었습니다.

검둥이는 주인이 집으로 떠난 뒤에 기운을 차려 한 번에 한 마리씩 물고 그 멀고 먼 문막과 횡성 간 왕복 160리 밤길을 쉴 새도 없이 세 번이나 오가며 새끼들을 모두 물어다 횡성 집으로 옮긴 것이었습니다. 그러고는 지쳐서 숨을 거둔 것이지요.

"이 미련한 녀석……. 아무리 짐승이지만 너도 산후 아니냐. 내가 오늘 널 데리러 간다고 하지 않았느냐……."

주인은 숨을 거둔 검둥이를 쓰다듬으며 목이 메어 말을 잇지 못했습니다. 주인은 검둥이를 따뜻한 양지에 묻어 주고 다음 생에는 사람으로 태어나라고 축원을 해 주었답니다.

이 이야기는 어렸을 때 어머니로부터 들은 '소금장에 따라간 개' 이야기인데, 내가 어른이 된 후에는 아이들을 위해 최선을 다하지 못한다고 생각할 때 가끔 떠올렸던 진한 모성의 전래동화입니다.

병술년을 보내며 여러분과 함께하고 싶은 해바라기 피는 마을의 작은 '송년잔치' 였습니다.

어머니, 내 어머니

2005. 1. 6.

09

인류의 모든 어머니는 위대하십니다.

그저 여성이 아니라 '어머니'이기 때문입니다.

우리 어머니도 그 어머니들 가운데 한 분이십니다.

우리 어머니, 올해 꼭 아흔, 흰 머리에 깊은 주름, 틀니를 하고,
앉아 출입도 못 하시지만 어머니에게도 꽃 같은 시절은 있으셨습
니다. 그러나 '양반집' 잘 배운 신랑에게 한풀 꺾여 시집오신 것
이 행복하지 못한 결혼 생활의 출발점이었습니다.

그렇다고 '불행한' 결혼 생활은 아니었지만, 여보 당신 부르며
위로받고 사랑받으며 산 세월이 아니었다는 뜻입니다.

세월이 그러했고 아버지의 성격이 그러하셨고 부모님이 짝지
어 주신 부엌데기용 며느리로 우리 가문에 들어오신 것이 이유라

면 이유였습니다.

일곱 남매 낳고 키워 어머니의 몫을 다하셨고 가난한 살림 일으키며 꽃다운 인생을 다 보내신 자랑스러운 우리 어머니이십니다.

글을 잠시 멈추고 어머니와의 옛일을 회상해 보니 무슨 잘못인지는 기억에 없으나 내 종아리를 사정없이 치시던 초등학교 시절이 떠오릅니다. 왜 그러셨을까요? 딸 셋을 낳고 네 번째서야 낳으신 귀한 아들이었다는데 왜 그렇게 혹독한 매를 치셨을까요.

그 매를 치기 육, 칠년 전 6.25 피난 시절, 나는 다섯 살이었고 어머니의 등에 업혀 그 먼먼 피난길을 떠났습니다.

열다섯 살 누이와 열 살 누이에게 괴나리봇짐 하나씩 지우고, 일곱 살 누이는 아장아장 걸리고, 나는 다섯 살이나 먹었지만 귀한 아들이라고 업으셨다고 했습니다. 내 아주 오래된 기억에는 얼음판이 된 충주 달래강을 건너던 겨울이 또렷한 영상으로 남아 있습니다. 다섯 살인 나까지 네 남매를 책임지고 피난길에 오르셨던 어머니의 그때 '나이'가 겨우 서른여섯!

지금의 서른여섯이면 탱탱한 청바지를 입고 시집을 가네 마네, 독신이 좋네, 청춘이 아깝네 하며 테이크아웃한 커피를 손에 들고 살 빼기 이야기에 열을 올릴 나이가 아닙니까. 그런데 그때 어머니는 네 남매를 걸리고 업고 보국대 끌려가신 아버지 대신 가족의 총책임자가 되셨습니다. 그것도 생사가 오락가락하는 전쟁의 아수라장에서.

어머니는, 나의 어머니는,
그런 세월을 사셨습니다.
아버지의 사랑도 따뜻하게 못 받으시며. 그래서 어머니는 '아들'의 잘못을 그냥 넘기지 못하셨을 겁니다.

나는 가끔 어머니에게 여쭙습니다. 다음 세상에 태어나시면 뭘로 태어나고 싶으시냐고. 그러면 어머니는 "너무 힘들어서 다시 태어나고 싶지 않다"라고 하십니다.
그래도 다시 태어나면 뭘로 태어나고 싶으시냐고 여쭈면 '새'가 되고 싶다고 하십니다. 이리저리 속박 없이 훨훨 날고 이 나무 저 가지에 마음대로 앉고, 가고 싶은 곳 돈 없어도 마음대로 갈 수 있는 '새'가 되고 싶다고 하십니다.
어머니가 늘 그리웠던 건 자유였습니다.

또 하나, 어머니의 가슴속에 한이 된 것이 있음을 아들은 잘 알고 있습니다. 배우고 싶으셨던 열망을 꼭꼭 묻어 두어야 했던 '세월'에 대한 원망입니다.

학교 다니는 외삼촌이 부러웠으나 완고하신 외할아버지의 뜻을 꺾지 못하고, 대신 깨우쳐 주신 한글로 일생 책을 읽으며 사셨습니다.

오래된 나의 기억 속에 어머니는 식구들이 모두 잠든 깊은 밤에도 버선과 양말을 다 꿰매시고는 반짇고리에 묻어 두었던 소설책을 꺼내 두런두런 감정을 섞으셔서 밤이 이슥토록 읽으셨습니다. 책을 새로 살 여유가 안 되시면 읽었던 책들을 다시 읽으시더라도 항상 책을 놓지 않으셨습니다.

때로는 계란 몇 줄 팔아 장터에서 거금을 내어 소설책을 사 오곤 하셨습니다. 소위 딱지본이라는 책들이었습니다. 상대적으로 많이 배우신 아버지는 책을 멀리하시며 공무에만 열심이셨어도 어머니는 언제나 책을 갈망하셨습니다. 학교가 가고 싶었던 어린 시절의 그 간절한 소원을 이루지 못한 때문입니다.

그 어머니가 근간 몇 년 동안 책을 놓으셨었는데 건강과 안력 때문이었습니다. 기력이 떨어지고 백내장이 진행되면서 돋보기로도 글자가 희미하다고 하셨습니다.

작년에 백내장 수술을 해 드려서 시력이 회복되는가 했는데, 낙상으로 골절이 되셨고 지난겨울부터는 거동을 못 하게 되셨습니다.

그러시던 어머니가, 지난 총선 때 여러 날 못 뵙다가 집에 돌아와 보니 다시 책을 읽고 계신 게 아니겠습니까! 아들이 읽다가 거실에 둔, 박종세 아나운서 선배의 회고록 『방송 야구 그리고 나의 삶』이었습니다.

어머니가 다시 피어나신 것입니다. 무슨 뜻인지 아시겠느냐고 여쭈었더니 재밌고 훌륭한 사람의 이야기라고 정확한 독후감도 말씀하셨습니다.

구십 연세에.

어머니는 불사조이십니다.

며칠 후에 서점에 들러 『부모은중경』과 『금강경』을 사다 드렸습니다. 『부모은중경』을 슬픈 마음으로 읽고 또 읽으셨을 것입니다. 어머니에게도 보고 싶은 어머니가 계시니까.

두 눈썹을 다듬어서 푸른 버들잎과 같고
두 볼을 붉게 하여 홍련화와 방불했네.
옥과 같이 곱던 얼굴 아들딸을 키우노라
해쓱하고 주름졌다.

어제 무면허 이발을 해 드렸습니다. 한 십 년 전에 배운 솜씨인데 어머니는 아들이 해 드리는 이발을 좋아하십니다. 남들이 해 드린다고 하면 싫다고 하십니다. 스타일이라야 돌아가신 아버지와 비슷한 스타일입니다.

　이제 몇 번의 이발을 더 해 드릴지, 몇 권의 책이나 더 사다 드릴지 모르지만 항상 이것이 마지막이라는 생각을 떨쳐 버리지 못합니다.

　지금은 '똥싸는 기계가 되신 어머니' 이시지만 한 많고 치열하게 사신 일생은 부끄럽지 않으시니 기저귀를 차고 앉아 오늘도 책을 읽으시는 모습에 아들은 그저 고개를 숙일 뿐입니다.

　　옥과 같이 곱던 얼굴 아들딸을 키우노라
　　해쓱하고 주름졌다.

　『부모은중경』에 그렇게 씌어 있습니다.
　우리 어머니를 보고 쓴 글 같습니다.

어머니, 내 어머니 II

2007. 1. 25.

10

지난 주말과 주초에 우리 어머니의 장례식이 있었습니다.

일일이 부고를 하지도 못했습니다. 매우 송구스럽습니다.

어머니 빈소에 찾아오시거나 전화로 메일로 혹은 전언으로 위로해 주신 여러분께 머리 숙여 감사드립니다.

어려우신 가운데도 많은 염려를 해 주심은 물론 특히 분에 넘치는 조화를 보내 주시고도 그 바쁘신 틈을 쪼개어 조문해 주신 사회 여러 지도자님들께는 무어라 드릴 말씀이 부족합니다.

또한 어수선하고, 모든 것이 불비한 빈소에서 소찬이나마 따뜻한 진지라도 드시고 음복이라도 하고 가셨는지 확인하지도 못한 이 사람을 용서하고 널리 이해해 주시기 바랍니다.

여러분이 마음속 깊이 빌어 주신 명복의 힘으로 어머니는 좋은 곳에 가셨을 겁니다.

빈소에서 나눠 드렸던 우리 어머니에 대한 짤막한 소개문은 '비단 우리 어머니만의 이야기'는 아니었는지 많은 분들이 '당신들의 어머니 이야기'로 생각하셨던 것 같습니다.

그래서 못 오셨던 분들을 위해 여기에 잠깐 올려 드리겠습니다. 우리 모두의 부모님을 생각하는 마음에 조금이나마 보탬이 됐으면 좋겠습니다. '부모사후회'라 했으니까요.

영면하신 우리 어머니!

경주 김씨이신 우리 어머니는 1915년 을묘생이시므로 올해 아흔셋이십니다.

이미 11년 전에 세상 떠나신 아버지와 열아홉에 혼인하시어 시대의 어려움과 가난 속에서도 우리 어머니는 7남매를 낳아 기르시고 교육시키는 데 한평생을 바친 분이십니다.

일제 강점기를 지나 6.25전쟁을 겪으시면서 새처럼 작은 몸으로 감당하기에 힘든 세월을 강인함과 근면과 인내와 사랑으로 사셨습니다.

여성이 천대받던 시대를 숙명처럼 여기고 사시면서 학교를 못 다니신 어머니는 어깨너머로 한글을 익혀 독서를 시작하셨는데, 장화홍련전에서부터 김내성의 소설, 그림형제 동화 등 수많은 책을 읽으셨으니 '춘원의 흙에 나오는 허숭 같은 남자가 훌륭하다'

고 하신 적이 있습니다.

아마도 아버지의 따뜻한 사랑을 못 받으신 여자의 마음을 피력하신 것 같습니다.

우리 어머니는 다음 생에 또 태어난다면 '인간'으로는 너무 고통스럽고 '자유로운 새'가 되고 싶다고 하셨습니다.

이제 하늘 같은 우리 어머니가 마지막 떠나시는 길에 바쁘신데도 찾아 주신 여러분의 조문을 받으며 자식들의 마음을 모아 깊은 감사를 드립니다.

배고픔의 슬픔을 아시는 어머니는 '밥'을 종교와도 같이 생각하셨습니다. 아마 오늘도 살아 계시면 "아, 밥 먹고 가세요!" 하셨을 겁니다.

바쁘시더라도 우리 어머니를 생각하시며 밥 한술에 음복으로 술 한 잔 하고 가시기 바랍니다.

어머니를 닮지 못한 아들, 며느리, 딸, 사위, 손자, 손녀 모두가.

인연
2007. 4. 20.

11
———

'인연' 이라는 게 무엇인지요.

이 세상 살다 보면 생전 서로 모르고 살다 갈 수도 있는 사람들
끼리 어떤 인연의 끈으로 만나서 그 깊은 정을 느끼며 사는 경우
가 많습니다. 스승과 제자로, 한 동네 이웃으로, 직장 동료로, 전
장의 전우로, 친목 회원으로, 성스러운 종교의 인연으로.

내게는 느지막이 알게 된 지인 한 사람이 있지요. 나는 엊그제
그 지인이 힘겨운 투병으로 입원 중인 병실을 찾아 위로와 용기
를 주고 왔습니다. 마음이 무거울 수 있었으나 지인과 그의 아내
가 얼마나 밝게 웃으며 나를 맞이하는지 돌아올 때는 한결 발걸
음이 가벼웠습니다.

그날 지인과 헤어져 집으로 오던 그 병원 엘리베이터에서 있

었던 일입니다.

엘리베이터 문이 막 닫히려는데 '아주머니'로 보이는 한 분이
함께 가자고 해서 열림 단추를 눌러 드렸습니다.

"고맙습니다."
"어서 오십시오, 반갑습니다."

아주머니의 말씨는 조용조용했고 나를 유심히 보시는 것 같았
습니다. 나는 언제나처럼 먼저 내 소개를 했습니다.

"저, 이계진입니다."
"아 네, 어디서 뵈었더라 했더니만."
"참 고우시군요!"
"곱긴요, 나이가 여든여섯이나 된걸요."
"네?"

나는 정말로 놀랐지요. 연세에도 놀랐지만 얌전한 머리 손질
과 옷매무새 등 그 단정한 모습이 마치 '외출 나오신 수녀님' 같
았으니까요.

"누가 편찮으십니까?"

"신부님께서요……."

"연세가 높으신가요?"

"네, 우리 신부님은 여든여섯이세요."

그 말씀과 함께 '할머니'의 눈에는 눈물이 그렁그렁하셨습니다.

동갑이신 할머니와 신부님.

아, 이 얼마나 오래되고 아름다운 인연이란 말입니까!

나는 더 할 말이 궁하여 가벼운 눈인사를 하고 총총 병원 현관을 나섰습니다.

어버이날을 위한 우화

2007. 5. 8.

깊은 산중에 못생긴 산짐승 한 마리가 새끼를 낳았습니다.

새끼들은 어미의 모습과는 달리 귀여웠습니다. 어미는 모성의 본능으로 고물거리는 새끼들을 돌보았습니다.

어미는 혀로 핥아 씻어 주고, 젖을 물려 배불리 먹이고, 젖을 먹고 다시 내놓는 배설물을 냉큼냉큼 먹어 버려 무서운 승냥이들에게 냄새가 퍼지지 않도록 하는, 아주 지독한 사랑으로 새끼들을 키우고 있었습니다.

어느 날의 해질 무렵이었습니다. 허기를 느낀 어미는 비칠거리며 먹이를 찾아 굴을 나섰습니다. 산후의 어지러운 몸으로 한참 동안 골짜기와 산등성이를 헤맸지만 좀처럼 먹잇감을 찾을 수가 없었습니다.

해가 꼴깍 넘어갈 무렵, 어미는 사냥감은커녕 그만 승냥이와 마주치게 되었습니다. 덩치가 작은 어미는 감당할 수 없는 상대를 만난 것입니다. 죽을힘을 다해 도망을 쳐보았지만 어미는 그만 기진맥진하여 더 저항도 못하고 승냥이에게 잡히고 말았습니다. 어두워지는 산골짜기에는 승냥이에게 온몸을 뜯기는 어미의 울부짖음 소리만 가득했습니다.

해가 지고 달이 뜨고.
산중은 가끔 부엉이 소리만 들릴 뿐 아무런 일도 없었던 것처럼 적막했습니다.

그런데 이게 어떻게 된 일입니까?
해가 질 녘에 굴을 나섰다가 변을 당한 어미의 앙상한 뼈들이 굴속으로 돌아와 마치 살아서 새끼들에게 젖을 먹이는 형상으로 누워 있더라는 것이 아닙니까.

우리의 어머니들도 그러하십니다.

여드름투성이 학생의
울음

2007. 11. 16.

13
—

얼마 전 갑자기 식구가 아파서
한밤중에 병원 응급실엘 갔지요.

언제나 그렇지만,
응급실은 의료진이 뛰어다니고
침대에 실린 환자가 이동하고
보호자의 바쁜 발걸음으로 어수선하고
여기저기서 신음소리가 들려 와서,
마치 세상은 온통
아픈 사람으로 가득한 느낌이었습니다.

당직 의사들이

이런저런 응급의 조치를 취한 후
식구가 덜 고통스러워할 때쯤이었지요.
그러고 보니
아까부터 응급실 입구 쪽에서
징징거리며 울고 있는 학생이 있다는 걸
새삼 느꼈습니다.

그 학생은 가끔 몸부림을 치며
울기도 하고 흐느끼기도 하며
'엄마'를 부르는 것이었습니다.

칸막이로 쳐 놓은 커튼 사이로 보이는
엄마의 가지런한, 그러나 거친 두 발이
이미 핏기 없이 노랗게 변해 있는 모습이었습니다.
아마도 '엄마'는 운명한 듯했습니다.

아직 어린 아들을 두고
엄마가 세상을 떠났나 봅니다.
조금 떨어진 곳에는,
서 있는 모습으로 보아
외삼촌이거나 이모부로 보이는 어른이

조용히 눈물을 훔치고 있었지요.
아버지로 보이는 사람은 없었습니다.

나는 울부짖고 있는 학생의 모습을 보며,
너무나 불쌍하여
나도 모르게 목이 메어 왔습니다.

말하자면 감정의 이입인데,
만약에 나나 내 식구가 저 엄마처럼 된다면
'우리 아이들이 저렇게 소리쳐 울고 있겠지' 하는
그런 생각을 하며
나는 갑자기 아이들이 보고 싶어졌습니다.

그 학생은 가끔 얼굴을 들고
응급실 천장을 향해 징징거리는데,
그의 얼굴에는
여드름이 한창 피어 있었습니다.
많이 보아야 열일곱이나, 열여덟 살.

"잉잉잉······ 엄마~~~~!
나 어떻게 살란 말이야······.

잉잉잉~~~ 엄마, 응?"

그렇게 한참 울다가는 다시 혼자 중얼거립니다.
아마 엄마의 죽음이 실감이 안 나는 모양입니다.

그 아이는 갑자기 엄마가 없어진 요즘
어떻게 먹고 어떻게 빨래해 입고
텅 빈 집에서
어떻게 잠자며 무얼 생각하며 지낼지요.

부끄러울 것 없는
내 구두

2009. 6. 23.

14

큰 부자의 대명사격이었던 현대그룹의 고 정주영 회장을 인터
뷰한 적이 있습니다. 생방송 인터뷰 중에 나는 예정에 없던 요청
을 했지요. '지갑' 좀 보여 주실 수 있느냐고.

재벌의 지갑 속에는 생각보다 적은, 약간의 돈이 들어 있었습
니다. 조금은 실망했지요. 수표라도 몇 장 있을 줄 알았으나 그렇
지 않았으니까요. 정 회장의 생활은 검소하기로 유명했습니다.

그는 아침마다 운동을 겸해 집에서 회사까지 걸어서 출근하고,
차는 기사가 몰고 따로 간다고 했던 기억이 납니다. 가까운 거리
가 아니라고 들었습니다.

그리고 인터뷰 중에 미리 방문해서 취재한 화면을 봤는데, 가
장 인상적이었던 것은 정 회장댁 TV 세트가 '아주 오래된 고물딱

지 금성 TV'였다는 것입니다. 최신 대형 TV가 쏟아지던 때였는데 말이죠.

또 하나 기억나는 것은 그날 아침, 정 회장은 퍽 오래 신었던 허름한 구두를 신고 있었습니다. 부자 할아버지의 기분 좋은 소박함을 본 순간입니다.

정주영 회장의 구두 이야기를 한 것은 '내 구두' 이야기를 할 일이 생겼기 때문입니다.

나는 나의 부모님으로부터 좋은 생활습관을 배웠다고 생각합니다. 내 구두는 오래되고 낡았습니다. 허름하지만, 청결합니다. 나는 기회만 있으면 내 구두를 햇볕에 몇 시간씩 말립니다.

며칠 전 고향에서 외식을 하는 저녁자리가 있었습니다. 음식이 나오기 시작하는 사이에, 옆에 앉은 어떤 분이 느닷없이 내게 "결례가 아니면 제가 구두표를 하나 드리고 싶습니다"라고 하더군요. 나는 반사적으로 "그거 선거법 위반입니다" 했지요. 그러고 나서 웃으며 "말씀만도 고맙습니다. 제 구두를 보신 모양인데, 아직 신을 만합니다"라고 했습니다.

그분은 내가 현관에 구두를 벗어 놓을 때 내 허름한 구두를 본 것입니다. 원래는 유명 브랜드의 구두인데 지금은 깔창의 글씨도 모두 지워질 만큼 낡았습니다. 이 구두를 신고 지역구를 누비며 선거를 두 번이나 치렀으니, 지금 6년쯤 신고 있는 셈입니다. 닳고 닳았지요.

나는 구두를 새로 하나 마련하라는 은근한 그분의 말이 고마웠지만, 돈이 없어서가 아니라 '구두의 기능'이 여전히 유지돼, 버릴 이유가 없다는 생각에 그 구두를 오래 신고 있는 것이므로 조금도 부끄러울 것은 없는 처지입니다. 사실 내게는 또 한 켤레의 구두가 있습니다. 그날 신은 구두 말고 교대로 바꿔 신는, '조금 덜 오래된 구두'가 한 켤레 또 있거든요. 그 구두는 구입한 지 3년쯤 됩니다.

몇 년 전에도, 어느 시민이 나의 사무실로 구두표 한 장을 우편으로 보낸 적이 있었습니다. 어느 행사장에서 나의 구두를 봤다는 사연과 함께였습니다. 그분 역시 정말 고마웠지만, 이유 없이 물건을 받으면 안 되므로 보낸 분의 주소로 직접 찾아가서 정중히 감사의 인사를 하고 웃으며 돌려드렸습니다. 그 마음만 받겠다고 말씀드렸지요. 그리고 "나는 부자지만 물건을 아껴 쓰고, 망가져 더 쓰기 어려울 때까지 쓰며 살아왔다"고 말씀드렸습니다. 음식점을 하는 분이더군요.

내가 돈이 없어 허름한 구두를 신고 다니는 것은 절대 아닙니다. 나는 가진 것이 많습니다. 내 구두는 사실 바닥을 세 번이나

갈았지요. 오죽하면 국회에서 구두 닦는 분이 심부름간 우리 비서에게 "웬만하면 이제 새 구두 하나 사시라고 하세요" 하더라고 해서 한바탕 웃었던 적이 있습니다.

며칠 전, 음식점에서 내게 구두표를 주겠다던 분이 무안하실까 봐서 나는 내 손목시계를 보이며 "이것도 20년 넘은 시계입니다" 하고 너스레를 떨고는 같이 웃었습니다. 그리고 소주를 한 잔 권했습니다. 그분의 아름다운 마음에 감사합니다.

내가 '노랑이'라고요?
'정주영' 회장과는 비교할 수도 없지만, 나도 쓸 곳에는 쓸 줄도 아는 사람입니다. 다만, 나 자신을 위한 일에 덜 쓰려고 노력하는 평균 한국인일 뿐입니다. 나를 위해 덜 쓰는 즐거움과 행복한 느낌도 있는 줄 압니다.
나는 내 허름한 구두가 좋습니다.

아낄 것은 아끼고 쓸 데는 씁시다!

지난여름 이야기

2009. 9. 28.

15

많은 이들이 가을을 좋아하긴 하지만, 아, 가을은 정말로 좋은
계절입니다. 지난여름이 힘겹고 고달파서 '어서 이 계절이 갔으
면' 했던 분들에게는 아마 더 그럴 테지요.

여름이 힘드셨나요?

혹 아직 힘든 일이 남아 있더라도 기운을 내시기 바랍니다.

이래저래 바쁜 공무 가운데도 주말 중 하루쯤은 아무 생각 없
이 시골에서 자연을 벗하며 살아온 지 십수 년, 밭을 가꾸며 자연
의 정취에 묻혀 운동 삼아 고강도의 일을 합니다. 풀베기, 김매기
때문에 힘들던 여름과는 달리 '아마추어 농부'에게 가을은 '김
장, 배추, 무' 가꾸기 외엔 농한기에 해당합니다.

가을 길을 걷고, 산속을 헤매기도 하고, 잘 자란 나무를 보며 그 기상에 압도되기도 하는 여유로운 시간을 즐길 수 있는 요즘, 간혹 아름답게 물든 단풍 낙엽을 보며 감상에 젖기도 한답니다.

지난 일요일에 아침 산벚나무 아래 서니, 일찍 단풍 든 벚나무 잎이 간밤에 불던 바람에 져서 식탁 위에 어지러이 떨어져 있더군요. 오, 그 자연스러운 아름다움이란!

한 주일 전에 꽂아 놓은 붉은 열매 꽃꽂이와 물주전자, 그리고 갈색의 막걸릿잔이 어우러진 곳에 단풍 든 가을 잎이 우수수 떨어져 있는 모습이란 가을임을 이야기하는 연출 없는 예술이었습니다.

괜찮게 어우러진 가을의 풍경화며, 정물화였겠지요?

야외 식탁은 폐기물을 실어다 놓고 쓰는 중이고요, 의자는 한 개에 만 원짜리, 꽃병은 복분자 술병입니다. 그런데 그중에 딱 하나, 막걸릿잔에 대해서는 특별히 '설명'하고 싶습니다.

그냥 보기에는 여느 도자기 '막사발'처럼 보이지만, 실은 한때 밤거리에서 일하던 여인들이 재생의 길을 걷기 위해 자활 교육을 받으며 익힌 솜씨로 빚은 눈물 어린 첫 작품입니다. '술잔'의 용도로 만든 것은 아니지만 다용도로 막 쓸 수 있게 빚었다기에, 나는 다섯 개를 사서 막걸릿잔으로 쓰기로 했습니다.

땀 흘리며 일하다가 새참에 마시는 막걸리 한 사발의 맛을 즐길 때마다 나는 그 사람들이 잘 되기를 소망할 겁니다.

    또 한번 바람으로 단풍 낙엽이 날려 그 아침 '가을의 정경'이
사라지기 전에 기록해 두고 싶었습니다.

낮은 목소리

16
—

　인격을 존중하지 않는 '사랑'은 껍데기다.

　상대의 근본을 귀하게 여기고 존중하지 않는데, 어떻게 '사랑'이라는 말을 쓸 수 있을까?

　대저 '결혼'은 '인생의 무덤'이라고 하는 절망적 명언이 있지만, 여성 특히 지난날 우리 한국의 여성들에게는 더욱 그 말이 진리처럼 느껴졌던 역사가 있었다.

　잘 배웠어도, 남다른 재능이 있어도, 꿈이 있어도 그런 것은 무덤 같은 결혼과 함께 모두 부장품이 되어 버리기 일쑤였다. 하물며 감추어진 머리쯤이야 어디 드러날 기회라도 있을까. 그저 한 세상 살다가 떠날 뿐이다.

　학교를 가고 싶어도 형편이 어려웠고, 형편이 돼도 아들 먼저 가르쳐야 했고, 돈이 넉넉해도 '여자가 어딜!' 하던 시대였으므로.

그렇게 오래 거슬러 올라가지 않아도 될 것이다. 그런데도 '딸들'은 식모살이로, 공장으로 돈벌이를 나가서 동생들을 공부시키려 했던, 지금으로서는 이해할 수 없는 시절이었다.

내 누님도 늘 부엌에서 불을 때거나, 앞마당에서 양념거리를 다듬으며 어머니를 도와드릴 때도 손가락이나 작대기로 땅바닥에 무언가를 쓰셨다.

"누나, 뭐해?"

"응, 그냥 심심해서……."

누님이 땅바닥에 쓰신 것은 기초 한자였다.

중학교를 가고 싶었지만 갈 수가 없어서 부족한 공부를 혼자서 땅바닥, 부엌 바닥에 쓰며 몰래몰래 한자漢字라도 익히고 계셨던 것이다.

공부를 더 하고 싶어도 뜻을 이루지 못한 이 땅의 딸들은 보통 그렇게 살았다.

나는 가끔, 방송 같은 데서 시부모님과 며느리가 함께 앉아 아끼고 칭찬하고 자랑하는 모습을 보며 흐뭇하기도 하지만, 간혹 '진정일까?'를 생각해 본다. 남들 앞이라서 그렇게 말할 수도 있기 때문이다. 새삼 시부모님과 며느리 사이의 심리적 갈등을 설명할 필요는 없을 것이다.

오래전 방송을 할 때의 이야기다. 마이크 앞에 앉은 어떤 며느리가 그의 시모님에 대해 가슴으로 들려준 이야기.

내 방송에 초대돼 나왔던, 내 기억에 남아 있는 한 여성은 그래도 어렵사리 여고를 졸업했는데, 가정 형편으로 대학에 갈 수 없자 순응하고 결혼을 하게 됐다고 했다.

접기 싫은 꿈을 접고 결혼을 했지만, 그 여자는 가정의 행복을 위해 정성으로 일하고 지성으로 시부모님을 모시고 아이 키우며 열심히 살았다. 그리고 남는 시간에는 항상 책을 펴곤 했단다.

어느 날, 며느리를 관찰해 오던 시모님은 마음이 움직여 며느리에게 물었다.

"애야, 공부가 더 하고 싶으냐?"

"아닙니다, 어머니……."

"나는 늘 네 머리가 아깝다고 생각했다. 결심이 있으면 공부를 더 하거라. 내가 이 집을 팔아서라도 널 학교에 보내 줄 터이니. 이다음에 우리 두 늙은이나……."

시모의 말씀을 다 들은 며느리는 시어머니의 무릎에 엎드려 한없이 울었다고 한다. 그저 '대학'에 보내 준다고 해서가 아니었다.

시어머니는 똑똑한 며느리에게 배움의 길을 이어 주고, 살림하던 며느리는 시어머니의 말씀대로 한 해를 준비해 약학 대학에 입학했고 4년 후에는 당당하게 약사가 됐다. 물론 며느리가 학교에 다니는 동안에 손자 키우기와 집안 살림은 전적으로 시모의 몫이었다.

마이크 앞에 앉아 그 이야기를 들려주던 며느리는 연신 눈물을 훔쳤다.

"옛날이야기가 됐군요, 그 공부하던 때가. 지금 저희 시어머니는 건강하지 못하십니다. 중풍으로 누워 계신데, 제가 수발해 드리고 있습니다. 이제는 제 차례니까요."

그 여자의 마지막 말은 이러했다.

"우리 어머님, 지금 대소변도 스스로 못 가리고 누워 계시지만 저는 어머님이 정말 사랑스럽습니다……."

베토벤이 흐르는 오두막

2012. 9. 24.

17

　여러 해 전에 썼던 수필로, 이곳 화계산, 내 이웃에 사시던 어떤 노부부의 이야기입니다.

　녹음이 짙어지니 낮에도 북창이 어둑어둑한 계절이다. 지금이 글을 쓰는 시간은 늦은 여름밤. 사위四圍가 어둠인데 불빛 아래, 이 세상에 나 혼자인 듯한 착각으로 앉아 있다. 욕심을 내어지은 내 집이 오늘따라 더욱 크게 느껴진다. 따라서 주인인 나는 더욱 초라하게 작아진 것 같다.

　어떻게 사는 것이 행복한 것이며 잘 사는 것일까? 난 가끔 일에 지치거나 한 잔의 차를 마시고 나서 여유로운 시간을 가질 때 그런 생각을 떠올려 본다. 오늘은 미물처럼 앉아 창밖의 여름비 소리를 들으며 여기, 같은 산골짜기 오두막집에 사시는 '이 선생님 네'를 생각해 본다.

이 깊은 여름밤 빗소리가 정겨운데, 이 선생님 댁 작은 오두막집에는 '베토벤'이 흐르고 있을 것이다. 그리고 '카푸치노'를 즐기며 노부부는 행복해할 것이다. 그런 생각을 하고 나니 초저녁 같으면 우산을 받쳐 들고 손전등 들고 마실이라도 가고 싶어진다.

집이라야 몇 집 없는 이 산골에 자리 잡은 이 선생님 댁 오두막은 우리 집 창 너머 숲속에 보이는데 100미터쯤 거리에 있다. 오두막은 당신들 집이 아니고 노부부가 세 들어 사는 남의 집이다. 노년에 아담한 집 한 채 짓고 사시려고 열심히 준비했는데, 허가 과정이 여의치 못해 서너 해째 남의 오두막에 살고 있는 분들이다. 중요한 것은 그 작은 임시의 오두막에서도 그 부부는 행복하게 산다는 것이다.

나는 남의 사생활에 관한 질문을 잘 안 하기 때문에 이 선생님의 지난날에 대해서 잘 모른다. 다만 일본에서 사시다가 소학교 어린 시절에 해방과 함께 귀국해 지금도 일본식 발음과 생활 습관이 남아 있고, 부자는 못 돼도 자손들을 잘 두어 큰 걱정은 없으며, 뒤늦게 마라톤을 시작했는데도 열심히 연습해서 풀코스를 몇 번 뛰었고, 기록이 좋아서 보스톤 마라톤 대회에 나갈 수 있었는데 'IMF' 경제체제로 나라가 어려울 때라 달러를 낭비하는 것 같아서 출전을 포기했다는 분이다. 보스톤 마라톤 참가는 이 선생님 생애의 작은 목표 중에 하나였다는데도.

모두 그분의 이야기로 들은 정도다. 그분이 무슨 공부를 했는지 나는 모른다. 어려운 시대를 사신 분이라 고학력도 아니신 게 분명하고, 더군다나 전문적인 음악 공부는 더더욱 안 하셨을 터인데, 클래식 음악을 마니아 수준으로 즐기신다. 그 오두막에 소중한 오디오 기기를 마련해 놓고 베토벤, 모차르트를 즐기며 행복한 모습으로 사시는 모습은 그래서 이채롭지 않을 수 없다.

새벽녘에 마라톤을 하고, 낮에는 꽤 큰 농사일을 하신다. 항상 말이 없는 부인은 인근 일터에 소일하러 나가고, 저녁이면 내외가 다정하게 앉아 '카푸치노'를 마시며 음악을 들으신다. 그 모습은, 상상만으로도 정녕 아름다운 삶의 풍경화이다.

오두막에서 울리는 오디오의 선율은 도회의 어느 부잣집 저택에서 울리는 고급 오디오의 그것보다 평화롭고 고귀하다.

어느 날 저녁 우리 내외가 오두막을 방문했더니, 이 선생님은 카푸치노를 만들어 내 놓은 뒤, 낮에 마신 몇 잔 술에 흥이 나서 베토벤의 〈운명〉을 감상하자며 혼자 삼매에 빠져 오케스트라 지

휘자가 됐다. 부인이 눈짓을 해도 아랑곳하지 않았다. 그 행복에 겨운 모습이라…….

그날 대접받은 '카푸치노'는 아주 각별한 맛이었다.

노동, 특히 육체노동을 해서 번 귀한 돈으로 연극 무대나 음악회를 가 볼 마음의 여유가 있다면, 지금 비록 가난해도 그 마음은 그 어떤 부자보다 행복하지 않을까?

이 선생님 내외분은 지금 칠순을 바라보는 나이인데, 노부부의 오두막엔 다시 〈전원 교향곡〉이 흐르고 있을 것이다.

이 글을 쓴 몇 년 후에 이 선생님 내외는 드디어 우리 동네 산 너머 너머로 오두막보다 조금 큰 아담한 새집을 짓고 이사를 하셨다. 그곳 '내 집'에서 노부부는 아무 욕심 없이 행복할 것이다.

천진난만한 '다람쥐' 이야기

2012. 10. 4.

18
—

올해는 도토리와 밤이 많이 열려 다람쥐들이 신바람 났습니다. 이곳 화계산에도 '밤' 풍년이 들어 다람쥐들이 분주합니다.

다람쥐는 그 많은 도토리와 산밤을 주워서 어디에 갈무리할까요? 궁금하지 않으세요?

바위 밑?

나무 밑?

겨울잠 자는 굴에?

내가 사는 화계산 동네 청년에게 들은 이야기입니다.

어느 날, 참나무가 우거진 큰 산 조상 묘소에서 문중 합동 벌초를 하는데 할아버지께서 그러시더랍니다.

"애들아, 다람쥐가 먹고 남는 도토리를 어디에 묻어 두는지 아 느냐?"

풀을 깎던 손자들은 모두 한 마디씩 답을 댔지만 틀린 대답뿐 이었답니다. 할아버지께서는 웃으시며 말씀하셨습니다.

"다람쥐가 순진하고 천진난만해서 말이다, 도토리를 주워 들 고는 하늘을 쳐다보다가, 마침 지나가던 흰구름을 보고는 '옳다 여기다 묻자!' 하며 그 구름 바로 아래 땅에다 단단히 묻어 둔다 는 거야! 그리고는 나중에 묻은 자리를 못 찾는 거지…. 어허허허 허허."

그래서 흰 구름 바로 아래 땅에 묻힌 그 도토리는 다람쥐 밥이 되지 않고 이듬해 싹이 트고 참나무로 자라나, 그 덕에 온 산은 참 나무 숲으로 덮이겠지요.

다시 그 참나무는 다람쥐에게 더 많은 도토리를 줄 것이고, 다 람쥐들은 또 흰 구름 아래 도토리를 묻어 숲은 더 풍성해질 겁니 다.

말하자면 다람쥐는 든든하게 믿은 '흰구름 머물던' 곳의 '비 밀번호'를 잊어버린 거지요.

마치 아들 손자들이 드린 용돈을 마을금고, 저축은행에 예금

해 놓고는 '비밀번호'를 잊어버려 못 찾는 것처럼요.

그렇게 대자연은 각박한 계산 없이 아름답게 돌아가고요.

어느 선배님의 선물

2013. 1. 20.

19

내게는 존경하는 선배님들이 계십니다.

아나운서 시절에 방송을 가르쳐 주셨고, 사람의 도리를 가르쳐 주셨고, 술 마시는 법까지 가르쳐 주신 분들.

그래서 늘 선배의 향기가 느껴지는 분들이십니다.

며칠 전, 존경하는 선배님으로부터 아름다운 선물을 하나 받았습니다.

겨울이 너무 추웠는데 그 며칠 새 날씨가 풀려 한동안 속닥한 분위기에서 뵙지 못한 선배 두 분께 전화를 드렸지요. '이문 설렁탕'이라고 아주 오래된 음식점에서 뵙기로 했습니다. 서울의 토박이 노신사들이 잘 다니시는 향수 어린 음식점입니다.

세월은 선배님들의 모습에도 여지없이 아름답게 흔적을 남겨 그 젊고 싱그럽던 날이 지나 이제는 초로의 신사가 되신 모습이 그날따라 진하게 느껴졌습니다.

수육 한 접시 안주 삼아 소주 두어 병으로 낮술을 권해 드리는 사이, 선배님들은 옛이야기에 껄껄 웃으셨고, 가끔 못난 후배의 여러 가지 일들도 걱정해 주셨습니다. 마치 부모님의 심정이신 듯.

한참 그런 분위기가 흐르던 어느 시간, 선배님 한 분이 잠시 자리를 뜨시며 밖엘 다녀올 테니 조금 기다리라고 하셨습니다. 20여 분이 지난 후 선배님이 돌아오셨습니다. 언 손에는 선물이 든 비닐백을 드시고요.

"관봉(나의 별호입니다.), 내가 관봉의 소설 『솔베이지의 노래』를 읽어 보니까, '아라미스향'의 아프터 쉐이브로션 이야기가 나오던데 관봉에게 이걸 꼭 선물하고 싶었어!"

아, 선배님은 거동이 불편하신데, 점심 낮술을 자시다가 나를 위해 겨울바람 차가운 도심 거리를 부지런히 걸어, 선물을 마련해 가지고 오신 거였습니다.

위로해 드리려고 모셨던 자리에서 나는 되레 선배님으로부터 따뜻한 위로를 받은 셈입니다. 아름다운 선물 하나로.

아라미스향의 아프터 쉐이브로션은 내가 즐겨 쓰는 유일한 화장품이거든요.

나는 그날 아라미스향보다 진한, 선배의 향기를 느꼈습니다.
선배님, 고맙습니다.

무릎 꿇은 시골 의사

2023. 10. 16.

20

의사는, 비록 내가 비용을 지불하고 의료 서비스를 받는 것이지만, 참 고마운 분들입니다. 우리를 건강하게 살도록 도와주고, 때로는 생사의 기로에서 우리를 죽음으로부터 구해 내기도 합니다. 참 고마운 존재입니다.

그러나 잘 아시다시피 의사 중에는 여러 부류의 의사가 있지요. 실력의 차이, 경력의 차이, 근무 위치의 차이, 근무처 규모의 차이, 즉 종합병원이냐 개인병원이냐 하는 차이, 개인 평판의 차이, 또 간혹 '명의'라는 언론의 꼬리표가 있는 의사도 있고요.

나는 크게 가리지는 않지만 경우와 계기에 따라 큰 병원에 가기도 하고 아주 작은 시골 병원엘 가기도 합니다.

실제로, 최근에 노화로 백내장이 의심돼서 시골 작은 병원에 갔더니 두어 번에 걸쳐 아주 친절하고 정확하게 진단을 한 후, 수술이 필요하다며 서울의 큰 병원으로 갈 것을 권해서 그렇게 했고, 덕분에 백내장 수술을 잘 마쳤습니다. 시력이 이전처럼 회복됐지요. 얼마나 고마운 일입니까!

시골 의사는 실력이 없어 보입니까? 그건 아니지 않을까요. 다만 시골 병의원은 경제성 문제로 인력과 큰 설비가 부족할 뿐인 것 아닐까요?

여기서 요즘 보기 힘든 시골 의사 한 분을 소개합니다. 코로나19로 예방접종을 받으러 주소지 인근의 작은 병원엘 갔는데, 병원 식구는 중년의 의사 한 분에 간호사 등까지 모두 네 사람! 그런데 제한된 예방접종 시간 말고도, 예약하고 온 일반 환자가 작은 병원 안에 북적거렸습니다.

웬 아픈 사람들이 이렇게 많은가? 조금 미리 갔던 관계로 접종 시간을 기다리며 병원 내부를 두리번거리며 살펴보던 나는 의사를 보고 깜짝 놀랐습니다. 시골 노인 환자를 살피는데, 의사가 한쪽 무릎을 진료실 바닥에 척 꿇고 환자를 쳐다보며 진료하는 겁니다. 마치 "할아버지, 요기 좀 덜 아프서요?" 하는 눈빛을 보이며.

보기 드문 광경에 나는 눈만 껌벅거렸습니다. 그 광경을 나만 보고 있는 것이 아닌데, 모든 환자들이 별로 특별하게 생각하지 않는 것을 보니 그 의사는 필요할 때마다 늘 그런 자세를 보이나 봅니다.

나는 장기려 박사의 이야기를 생각할 때마다 그분을 슈바이처보다 더 훌륭한 의사로 생각합니다. 언론의 조명을 받은 종합병원의 명의도 훌륭하지만, 무릎 꿇고 환자와 눈을 맞추는 이름 없는 시골 의사도 그 명의와 크게 다르지 않을 것입니다. 그 조그만 시골 병원에 웬 환자가 그렇게 많은지 잘 알 수 있을 것 같았습니다.

그 후로 나는 몸이 좀 아프면 그 의사를 찾아갑니다. 그런 의사가 진정 명의라는 생각에서요.

늘 건강하시기 바랍니다!

스치는
단상들

어린왕자에게

2023. 8. 25.

어린왕자! 그 작은 별에도 여름이 있는지?

이곳 지구의 올여름은 퍽 덥군.

시원한 음료가 불티나게 팔리는 지구의 여름이야.

돈을 넣고 원하는 것을 골라 단추를 누르면 '덜커덩' 가슴이 내려앉는 듯한 소리와 함께 정확하게 그 음료가 굴러떨어지는 냉장고형 자판기는 아직도 내게는 신기하기만 해.

그런 자판기 앞에서 만난 한 할머니 이야기를 들려주려고 해.

어느 날 서울에서 볼일을 보고 귀가하는 전철역에서 목이 말라 자판기에서 밀키스 캔을 뽑으려는데 웬 할머니가 다가서며 나에게 말을 걸어오시지 않겠어?

"어떻게 하는 거예요?"

"네, 잘 보세요. 이렇게, 이렇게 하시면 됩니다. 간단해요, 할머니!"

"아 네, 그건 얼마예요?"

"1,500원요."

"아, 요건 얼마예요?"

자판기에 설치된 다른 음료 견본을 손가락으로 가리키며 물어보시더군.

"그건 1,300원인데요!"

한 손으로 가벼운 캐리어 손잡이를 붙잡고 서 있었던 할머니는 방법을 잘 모르시는 듯도 했고 싼 음료를 찾는 듯도 했어.

"음…… 그럼 저건 얼마예요?"

전동 열차가 올 시간이 가까워지는데 할머니는 돈은 어디에 넣는 거냐며 수상한 질문을 이어 가셨어. 그때 내 머리에는 예전에 봤던 개그 프로그램이 떠올랐던 거야.

형이 과자를 먹고 있는데 코흘리개 동생이 그 '헝아'를 울 듯한 눈으로 쳐다보며 계속 물어봐.
"헝아, 뭐 먹노?"
형아도 아니고 응석 어린 호칭, 헝아.
"응, 과자."
"맛있나?"
"……."
"맛이 어떠노?"
"……."
형은 동생의 시선을 피해 몸을 이리저리 돌리며 계속 과자를 먹는 거야.
그럴수록 동생의 말은 애조를 띠며 조금 더 빨라졌어.
"헝아, 맛있나?"
"그래, 맛있다. 다 먹었다!"
"으앙~!"
좀 달라는 소리도 못 하고 자꾸 물어보는 동생의 그 마음은 뻔한 거였겠지?

'아차, 이 할머니도 그런 거구나!' 그런 생각이 들었어.

"할머니, 곧 열차가 올 텐데요, 혹시 뭐 잡수시고 싶으면 얼른 고르세요.
제가 카드 다시 꽂을게요!"

"미안시러워서요……."

할머니는 눈여겨봐 두었던 주스 단추를 누르셨어.

덜커덩 주스 캔이 떨어질 때, 열차가 들어오고 있다는 안내 방송이 막 구
내에 울려 퍼지기 시작하더구나.

꿀을 팔러 서울에 왔는데 꿀 한 병 판 돈 5만 원짜리와 천 원짜리 한 장밖
에 없다는 할머니의 말씀이 안내 방송 소리에 대충 들렸을 뿐이었지만,
카드를 빼서 주머니에 넣는데 웬일인지 난 기분이 좋아 싱글벙글 웃었
단다. 내가 그 개그에 나오던 '헝아'보다 좀 나았던 것 같기도 하고 그래
서.

어린왕자, 안녕!

그럼 또.

고향 이야기
2004. 8. 18.

21

늘 가는 원주인데, '지역구' 하니까 힘겹고, '고향' 하니까 정 겹군요.

주말에 '고향' 에 가서 초등학교 동창들과 정기 모임을 가졌는데, 개 먹는 녀석들과 오리 먹는 녀석들로 패가 갈렸습니다. 가난했고 코 흘리던 시절의 얘기는 올해로 한 스무 번은 했을 터인데도 또 울다가 웃다가 그랬지요.

남녀 학생이 이젠 중늙은이가 되어 스스럼없이 소주잔을 주고 받으며 '○○씨!' 가 아니라 '○○야!' 로 불러댔지요. 여학생들도 그게 퍽 좋은 모양이었고요.

부탁할 것도, 부탁받을 것도, 기댈 것도 없는 발가벗은 시절의 동심으로 돌아가서요.

슬펐던 것은 어머니, 아버지 세상 떠나시고 할아버지 손에 클 때 너무나 가난해서 늘상 간장을 찍어 보리밥만 먹었는데, 장아찌 도시락을 싸 온 친구들이 부러웠다는 친구 얘기에 그만 '찡' 했습니다.

웃음이 터졌던 것은 제일 말썽부리던 친구가 세상의 일들을 한탄하는데, 마치 초등학교 때 담임선생님처럼 너무나 훌륭한 말씀을 해서 그만 폭소를 터뜨리고 말았습니다.

몇 잔의 술과 갓 찐 옥수수, 친구네 과수원에서 따다가 찬물에 담갔던 잘 익은 복숭아의 맛은 더위와 시름을 잊기에 충분하였답니다.

그날 하루 동안 강원도 선생님들 체육대회, 원주 농촌지도자협의회 체육대회, 광복절 타종식에 참석했고, 양평군 청운면에 있는 우리 아버지 고향에 들러 집안 숭모각에 모신 조상님들께 인사 올리는 고유제告由祭에 참석하는 등 분주한 일정을 보냈습니다. 집안에서 출세했다고요.

행사 참석 사이 사이에는 차를 몰아 해바라기 심은 사람들을 만나러 다녔습니다. 무더운 여름을 이기고 해바라기는 얼마나 끌끌하게 잘 자라고 꽃피웠던지요.

올해 씨를 받아서 그것을 근거로 내년에 꽤 큰 해바라기 단지를 만들 예정입니다. 놀러 오세요. 잘만 되면 아마 끝없이 펼쳐진 해바라기밭에서 아름다운 이야기를 나누는 행복한 시간을 보낼 수 있을 거예요.

약혼 사진 찍을 분들, 연인들의 여행지로, 가족 나들이 장소로, 사진 작가들 촬영지로, 영화나 드라마 촬영지로 최적일 겁니다. 좋은 농산물, 지역 특산물을 파는 장소로도 활용할 예정입니다.

순박한 원주 사람들의 노력이니까 기대해도 좋습니다.

농산물뿐이겠어요? 아름다운 카페도 들어설 거고요, 깔끔한 음식점도 생길 겁니다. 호응만 좋다면 미술 전람회, 음악회도 생각하고 있답니다.

바라건대 원주가 '해바라기의 고장'이 되었으면 합니다. 그래서 저의 블로그 애칭도 '해바라기 피는 마을'로 했던 겁니다.

꽃밭은 그저 꽃이 있기 때문에 아름다운 것이 아닌지도 모릅니다. 꽃을 사랑하는 사람들의 가슴속엔 언제나 꽃보다 아름다운 사랑이 가득할 거라는 생각입니다.

법정 스님과
차 한 잔

2004. 8. 26.

22

가끔 바쁘고 삭막한 현실을 떠나 아름다운 휴식의 시간을 갖고 싶을 때가 있지요.

어느 멋진 '장관님'이 나에게 법정 스님을 한 번 뵐 수 있었으면 하더군요. 서울 길상사에서. 처음엔 그냥 저와 스님과의 관계를 아신다는 뜻으로, 스쳐 지나가는 인사말로 생각했는데, 두 번씩이나 그렇게 말씀 하시기에 '지나가는 말'이 아니라고 생각했습니다.

그때 스님은 강원도 어느 산골에 계시고 나는 세간 중의 세간 '국회'에 있었습니다. 그런데 '시절인연'이 맞아떨어졌던지 스님께서 서울에 오실 일이 생겼다는 연락이 왔습니다.

그래서 아무 날 아무 시에 약속을 하고 셋이 만났지요. 법정 스님, 어느 장관님, 그리고 나. 약속 시간이 오전 10시 30분이었는데 내가 30분쯤 도착하고 보니, 장관님이 먼저 와서 길상사 일주문에서 혼자 서성거리고 있는 것을 보고 '아! 참 겸손하신 분이구나' 생각했습니다.

만나서는 반갑게 인사를 나누고 차를 마시며 차 향기를 이야기하고, 책 이야기를 하고, 서로 아는 종교계 인사들을 만난 이야기도 했습니다.

그날 들은 이야기인데, 그 장관님이 가끔 길상사를 찾아서는 '누구누구'라는 내색도 없이 선방에 들어가 앉아 명상을 하곤 했답니다. 놀랍게도 그는 가톨릭 신자였답니다.

아름다운 만남은 어떤 '벽'과 '목적'이 없어야 하는 것이라지요?

자정 무렵의 풍경

2004. 12. 3.

23

얼마나 시간이 마구 흘러버리는지, 도통 두서가 없습니다.

'이것 해야지', '저것 해야지' 생각을 하다가도 잠시만 딴 일에 신경 쓰다 보면 잊어버리곤 하는.

지난 11월 하고도 15일에 있었던 국회 본회의 풍경이 이채로웠습니다. 그때 사회를 보던 분은 '존경하는' 박희태 부의장이셨습니다. 여러 의원들의 대정부 질문이 계속됐는데 엉덩이는 아파 오고 허리는 뻐근하고 눈은 뻑뻑하기 시작했지요.

자정이 가까워지자 내 옆에 앉은 대기석의 의원에게 국회사무처 직원이 주의사항 같은 걸 일러 주더군요.

드디어 권 의원의 질문이 시작됐습니다. 권 의원께서도 조금 긴장이 되는지 본회의장 벽에 걸린 시계를 흘금흘금 보면서 가타부타 부타가타를 따지며 발언을 하고 있을 때 시계가 자정에 임박했습니다. 그때 갑자기 박희태 부의장께서 의장석에서 일어섰습니다. 그 후 속기록에는 이렇게 씌어 있습니다.

박희태 부의장 "권경석 의원, 잠시 질문을 중단해 주시기 바랍니다."

권경석 의원 "가타부타 가타부타, 뚝."

박희태 부의장 "지금 자정이 다 되어 갑니다. 차수次數 변경을 위해서 오늘 회의는 이것으로 마치겠습니다. 산회를 선포합니다. 땅땅땅!"

가타부타 따따부따를 계속하던 권 의원은 발언을 '딱' 멈추었습니다. 10차 본회의가 끝난 겁니다.

00시 00분이 되니까 박희태 부의장께서 다시 말을 시작했습니다.

박희태 부의장 "자정이 지났으므로 제11차 본회의를 개의하겠습니다. 땅땅땅! 의사일정 제1항 경제에 관한 질문을 계속하여 상정합니다. 권경석 의원, '이틀' 계속 질문해 주시기 바랍니다."

(장내: 와하하하, 웅성웅성, 하하하)

권경석 의원 "마지막 질문을 금방 마쳤고 다시 시작하겠습니다. 아마 17대뿐만 아니라 의정 사상 최초의 일이 아닌가 생각합니다."

(장내: 우-후-후후, 웅성웅성, 재밌다!)

권경석 의원 "부총리 답변해 주십시오."

이헌재 부총리 "말씀하신 대로 국세와 지방세 비율은 8:2 정도 됩니다…. (생략)"

그날 밤 국회 본회장 자정 무렵 풍경은 그러했습니다. '00시 00분'의 순간을 전후해서 우리네 인생의 커다란 줄기에는 어떤 일이 있었을까요?

인간은 참으로 이상한 제도를 만들어 놓고 그 틀 안에서 되게 웃깁니다요. 그렇지요?

이발소 아가씨 이야기

2005. 5. 24.

24

우리는 보통 어떤 부류의 직업인에 대하여 선입견이나 편견을 갖기 쉽습니다. 그뿐만 아니라 그 사람의 내면이나 진실을 알기도 전에 '경솔하게'도 그에 대해 선을 긋고 지레짐작하며 능력을 과소 또는 과대평가하는 경우가 많다고 봅니다. 많이 배웠으니까, 좋은 학교를 나왔으니까, 그렇고 그런 직업을 가졌으니까, 이러저러한 곳에 근무하니까 등만 슬쩍 알고는 판단하기 쉽지요.

잘 다니는 이발소에 갔는데 머리 깎다가 '하품'을 했거든요. 옆에 있던 이발소 아가씨가 조용조용 말했습니다.

"장사가 잘 되시나 봐요."
"무슨…, 내가 무슨 장사를?"

"상품은 다 팔리고 하품만 남으셨나 본데요."

그 이발소 아가씨가 하루는 로션 병을 들고 서서 이럽니다.

"선생님에 관한 이야기가 김영철씨의『사랑도 커피도 롱다리도 영원하지 않더라』라는 수필집에 나왔던 걸요!"

"……그래요?"

저는 놀랐지요. 내 얘기가 어디에 나왔다는 사실 때문이 아니라, '이 아가씨가 도대체 책을 얼마나 읽길래' 하는 생각에서였지요.

실은 그 이발소에 처음 갔을 때의 인사가 "선생님 쓰신 책 거의 다 읽어 봤는데요, 참 재미있게 읽었어요"였는데, 처음엔 그냥 손님에 대한 대접성 인사려니 했지요. 그런데 그 날은 '누구의 무슨 책에 선생님 얘기가' 라며 말을 했으니 놀랄 수 밖에요.

다음날 저는 그 책을 샀습니다.

그 후 그 이발소에 가면 가끔 독서에 관한 대화를 했습니다.

"요즘 무슨 책을 읽나요?", "책값이 만만치 않을 텐데요", "재미있는 책 읽으며 밤을 새면 근무할 때 졸리잖아요" 하며.

한 일 년 전쯤입니다. 제가 생애 첫 소설로 쓴『솔베이지의 노래』가 나온 지 얼마 안돼서였는데, 이발소에 들렀더니 그러더군요.

"『솔베이지의 노래』잘 읽었습니다. 아름다운 이야기던데요.

슬펐고요. 『메디슨 카운티의 다리』보다 더 재미있었어요."

놀랍고 고마웠지요. 내 책을 읽고 그런 수준의 서평을 이야기해 주다니. 그건 보통의 독후감을 뛰어넘는 표현이었습니다.

이발소 아가씨는 『메디슨 카운티의 다리』를 읽은 감동을 늘 가슴속에 간직한 채, 고단한 지하 이발소 생활을 하면서도 언제나 아름다운 사랑을 생각하며 행복했다는 것인데 거의 문학평론의 수준에서 저의 하찮은 작품 『솔베이지의 노래』를 견주어 이야기해 준 겁니다.

한 달 전쯤에 다시 그 이발소에 갔더니 아가씨가 책을 한 권 선물하더군요. 류시화 씨의 『사랑하라, 한 번도 상처받지 않은 것처럼』이었습니다. 저는 그날, 이발요금대臺에 여느 때의 팁에 책값을 더 얹어서 두고 왔습니다.

이발소 아가씨는 이 세상의 잘 배운, 그래서 그럴듯한 이론을 대며 따지고 그러면서 부와 권세와 영광을 빛나게 누리는, 또 그러면서도 한 권의 시집도 읽지 않는 가짜 '먹물'들을 어떻게 생각할지 궁금했습니다.

여러분, 그 이발소 아가씨, 아름답지 않습니까?

人生

25
—

마을의 공동묘지나 국립현충원을 지날 때마다 그저 '아직은 살아 있음'을 느끼곤 합니다.

'인생은 느끼면 비극이고 생각하면 희극이다'라는 재미있는 말이 있습니다.

'도대체 인생이 뭐지? 왜 살지? 사는 게 뭐지? 사람은 모두 죽지! 지금 그래서 뭘 어쩌자는 거지? 아!' 하고 생각하면 '비극'을 보는 것 같습니다.

그러나 이런저런 생각을 해 보면 인생처럼 우스꽝스러운 게 없을 겁니다.

'형상에 대한 해학'이라는 다소 낯선 말이 있는데 예를 들면 간단합니다.

그 형상에 대한 해학 때문에 스승 앞에서 혼자 웃다가 웃음을 참지 못하여 스승으로부터 심한 꾸지람을 받고 쫓겨난 어느 시인의 얘기가 생각납니다. 그 시인은 세상 만물이 모두 우습다는 겁니다. '왜 그렇게 생겼을까' 라는 질문에서 웃음은 시작됩니다.

시인의 장난기는 '태극기'에서 절정에 달했답니다.

'태극기는 왜 만들었지? 왜 저렇게 그렸지? 왜 태극기를 장대 끝에 매달아 놓고 가슴에 손을 얹고 감격하지?'

시인은 배꼽이 빠질 정도로 웃어댔답니다. 그러자 스승이 한 말씀하셨답니다.

"어허, 이 사람, 뭣이 그렇게 우스운가."

그러자 시인은 스승의 얼굴을 빤히 쳐다보면서 더 크게 웃을 수밖에 없었답니다. '왜 우리 선생님은 요렇게 생겼지?' 하고 생각하자 스승 앞에서 데굴데굴 구르며 웃음이 그치질 않았답니다.

"어허, 이 사람이 미쳤나? 나가! 나가!"

결국 시인은 숨이 넘어가게 웃음을 터뜨리며 쫓겨 나왔다는군요.

세상에 우스운 형상이 얼마나 많은가요?
세상에 웃기는 일은 얼마나 많은가요?
술 깨는 약을 먹어 가면서 돈 내고 열심히 술을 마시고,

심각하게 결혼하자고 꼬여 결혼하고는 두들겨 패며 헤어지고,

법法이라는 걸 만들어 놓고 사람을 잡아들이고,

혹은 사람을 죽이기도 하고(사형), 그래서는 안된다고 반대를 하고(사형제 폐지 논란),

담배란 걸 만들어서 입에 물고 불을 붙여 연기를 마셨다 뱉었다 하며 돌아다니고,

컴퓨터라는 걸 만들어 놓으면 그걸 사다가 책상 앞에 놓고

대학까지 나와서 그걸 들여다보며 웃고 울고 화내고 열받고 욕하고 컸다 껐다 하고,

새로운 것 나오면 업그레이드라나 뭐라나 하며 또 사고 또 그짓을 계속하고.

'인생'을 어떻게 살아야 하는지에 대한 정답은 없지요. 가끔 좋은 답이 보이기는 하지만요. 우리 주변에서 가끔 나름대로 행복한 소시민들의 모습을 볼 수 있습니다.

문득, 중국 여행 중에 본 어떤 농부의 모습이 생각나서 컴퓨터 사진첩을 뒤졌습니다. 산동성 곡부현은 공자님의 고향입니다. 잡상인들도 모두 자기는 공자님 몇 대 후손이라며 명함을 내미는, 서예가들이 늘어선 거리에서 속는 줄 알고도 글씨도 한 점 샀고, 가짜인지 진짜인지는 오직 간肝만이 아는 중국술도 사 먹었습

니다. 공부가주孔府家酒라는 상표의 술이었지요.

그러나 가장 유쾌하고 사람 냄새 나는 광경은 감자 파는 농부의 모습이었습니다. 한적한 곡부의 거리에 작취미성인 듯, 술에 취한 농부가 감자 수레를 끌고 나타나니 주부들이 하나 둘 모였습니다.

"감자가 왔어요~~~!"

거래가 이루어지는데 저울에 달고 값을 주고받으며 덤을 달라거니 안 된다거니 하며 밀고 당겼습니다. 한 여자가 감자 한 알을 집어 봉지에 넣으면 농부는 다시 집어 내놓고, 또 다른 여자가 감자알 하나를 더 집으면 끝까지 뺐고.

농부는 시종 웃으며 "불가불가不可不可"를 외치는데 어젯밤에 마신 술이 아직 덜 깬 상태였고 감자를 사던 여자들에게는 대충 놀림의 대상이었습니다.

그 감자 수레에서 한 알 더 집어 준들 큰 손해 나지 않겠다는 생각이 들었지만, 검게 탄 그의 얼굴과 감자 한 알에 집착하는 그의 모습을 보며, 그 뜨거운 여름에 얼마나 힘들었을까도 생각했지요.

나는 한참 동안 그 밀고 당기는 감자 거래를 보며 그들이 그저 행복한 사람들로 보였습니다.

인생은 느껴도 희극일 수 있는 현장이었습니다.

『솔베이지의 노래』 중에서

26
—

그리그의 '솔베이지의 노래'를 좋아하시는 분들이 많으시지요. 혹시 소설 『솔베이지의 노래』를 아시는지요? 문학을 전공한 나의 유일한 소설입니다.

사랑을 팔고 사는 꽃바람 세상을 향해 순수하고 아름다운 사랑의 이야기를 써 보는 것이 오랜 꿈이었습니다. 그 꿈을 원고지에 펼쳐, 나는 2003년 봄에 졸저 하나를 냈습니다.

소설은 춘천 의암호반을 중심으로 벌어지는 아마추어 마라톤 대회에 출전한 한 남자가 죽음의 레이스를 펼치며 그 고통 속에서, 지나간 옛사랑의 이야기들을 회상하는 형식으로 씌어졌습니다.

소설에는 몇 편의 '사랑의 에피소드'가 등장하는데 그중 한 편을 소개합니다.

소설 『솔베이지의 노래』 157쪽에 있습니다.

「어느 해병장교를 사랑한 소녀 이야기」

팔려간 여자, 끌려간 여자, 봄비 같던 여자!

나는 그 여자 이야기를 회상하며 끝없이 달리고 있었다. 약간의 통증이 느껴지던 정강이에는 피가 흐르듯 근질근질 땀이 흘러내리고 있었다. 물 스펀지를 집어 얼굴과 목과 팔에 문질렀다. 땀과 물이 얼굴에 흘러내리며 마치 내가 울고 있는 느낌을 지울 수 없었다. 아니, 울고 있었다. 그렇게 한참을 마음속으로 스텝에 구령을 맞추며 하얀 기억으로 질주했다. 오른쪽은 좁은 호수 물길이 계속됐고 왼쪽은 지루한 인조석벽이 내 길을 안내하고 있었다. 마치 그날의 마라톤 코스는 끝이 없는 듯 보였다. 삶의 여정도 그럴 거라는 생각이 들었다.

MD에서는 역시 내가 알지 못하는 빠른 템포의 댄스 음악이 나를 자극하듯 계속됐다. 나는 선두 그룹에서 맨 끝이었고 일곱 번째로 달리고 있었다. 25킬로미터 지점을 통과한 시각이 오후 1시 30분쯤이었을 것이다. 바로 내 앞의 선수가 괴로운 제스처를 보이고 있었다. 어쩌랴.

"누구에게도 말한 적이 없었는데…."

"사랑했던 사람에 대해선 누구나 그렇지요."

밤은 점점 깊어 갔다. 달은 더 높이 올라 차가운 빛을 내리고 있었다. 밤바람에 가끔 풍경이 울어 산장의 고요함을 더해 주었다. 더하여 올빼미 소리가 처량하게 들렸을 뿐이다.

"선생님은 그처럼 그리운 사람이 많았을까요? 그 여자에 대한 그리움으로 언니를 생각하시는 거 아닐까요?"

"그럴까?"

"그건 나이 어린 효리 언니에게도 마찬가지일 거예요."

"……."

"효리 언니의 '해병장교'에 대한 그리움이 아마도 쉽게 선생님에게요."

"모를 일…."

"옛이야기를 듣다 보니 언니가 건네준 어느 문학지에 쓰신 선생님의 수필이 생각나는군요. 삶은 '흔적'이며 삶은 '기다림'이며 삶은 '사랑'이며 삶은 '그리움'이라고 하셨지요. 그리움, '삶은 그리움'이란 표현이 참 가슴에 와 닿았어요."

"그리움이 있는 삶은 사랑이 있는 삶보다 아름답다고 생각해."

"효리 언니에게 그렇게 말해도 좋겠는걸요."

"해병장교 이야기를 해 드릴게요."

효정은 나를 미소로 바라본 후에 다시 창밖의 밤 풍경을 응시

하더니 낮은 목소리로 이야기를 시작했다. 나는 눈을 감고 효정의 소리를 놓치지 않으려고 했다.

"효리 언니는 아직 볼에 솜털이 보송보송했던 여중 2학년이었을 때 놀랍게도 나이 많은 해병장교를 좋아했어요. 제가 어떻게 그런 것을 아느냐 하면요, 그때 우린 자매가 함께 그 일로 내심 심각했으니까요. 우습지요? 그래도 웃지 마세요. 그땐 그랬어요.

그분은 실베스터 스텔론을 닮은 해병소령이었는데 나이가 아버지와 거의 비슷했었지요. 바다를 좋아하시던 아버지는 그해 여름방학에 우리 식구 모두를 이끌고 강화도 바닷가로 스케치 나들이를 떠났어요. 스케치 도구와 먹을 것을 싸 가지고 떠난 소풍이었지요.

사람도 많지 않은, 해송 숲이 아름다운 곳에 자리를 잡고 아버지는 그림을 그리고 엄마는 아버지 곁에서 책을 보셨어요. 효리 언니와 저는 처음 입어 본 수영복이 좋아서 바닷물에 뛰어들어 까르르 웃음소리와 함께 한참을 놀았지요.

점심 때쯤 됐을까, 입술이 새파래져서 엄마에게 돌아왔을 때 언니와 저는 정말이지 심장이 멎는 줄 알았어요. 웬 키 큰 해병 아저씨가 아버지와 이야기를 주고받으며 웃고 있었거든요. 어린 나이지만 우린 본능적으로 앞가슴을 가리고 동그랗게 뜬 눈으로 눈치를 살피며 엄마 곁으로 갔지요. 해병 아저씨는 우리를 보자 웃으면서 그러더군요.

"아, 따님들입니까? 쌍둥이군요. 선배님" "김소령, 우리 딸들 예쁘지? 합해서 100점짜리, 우리집 보배야!" "아닙니다. 200점입니다. 정말 예쁜 따님들입니다!" "그래? 기분 좋군! 이 앤 언니 효리이고, 이 앤 동생 효정이야." "어쩜 이렇게 닮았을까요, 예쁘군요!"

아버지는 그분께 우리를 인사시키셨지만 우린 거우 인사를 하면서 수줍었어요. 우리들은 무엇보다 수영복이 부끄러웠거든요.

그 나이 많은 해병장교는 아버지의 고등학교 후배인데 화가이신 아버지를 좋아하고 존경하신댔어요. 그날 경계근무 지역을 순찰하다가 우연히 아버지를 만났던 거지요.

얼마나 멋진 아저씨였는지 몰라요. 권총을 차고 풀 먹인 팔각모자를 깊게 눌러 쓴 빨간 명찰의 그 해병장교는 아주 잘생긴 얼굴이었지요. 구릿빛 얼굴에 하얀 이가 가지런히 반짝였고 근육이 울퉁불퉁한 팔은 우리들 넓적다리만 했어요. 우린 거의 질릴 정도여서 엄마 뒤에 쪼그리고 앉아 눈만 껌벅였어요. 그 해병장교는 그런 우리가 우스웠는지 그 잘생긴 얼굴로 환한 미소를 띤 채 우리 자매를 바라보곤 했어요. 언니는 그때 그분의 눈빛을 잊을 수 없다고 말한 적이 있어요. 효리 언니는 그 해병장교를 본 후 그분이 그렇게 좋았나 봐요. 그런 언니의 마음은 훨씬 뒤에 알았지만요.

그 후로 그 해병장교는 우리집에 꽤 자주 놀러왔어요. 아버지를 뵈러 온댔지만 지금 생각해 보면 아버지만은 아니었고 아마도 우릴, 아니죠, 솔직히 말하자면 효리 언니를 보러 왔을 것 같아요. 그분은 올 때마다 여학생들이 좋아하는 커다란 인형이나 예쁜 티셔츠 같은 것을 선물로 사 왔어요. 제 생각엔 항상 제 것보다는 언니 것이 조금 더 좋다고 생각했거든요. 정말 그랬어요. 선물을 전해 주던 그분의 손은 솥뚜껑만 했을 거예요. 검고 튼튼한 손은 우릴 압도했어요.

아버지는 늘 술을 선물로 받으셨는데 술에 취하면 그 해병장교에게 그림을 선물하셨어요. 그런데 한번은 술에 취하신 아버지를 졸라서 효리 언니를 그려 달래서는 그 소묘를 보물이나 되는 듯 가져가기도 했어요. 언니를 예뻐하는 마음이었겠지요? 그럴 땐 입이 비죽 나올 정도로 언니가 미웠지요. 언니는 그 해병장교를 볼 때마다 공연히 가슴이 콩닥거렸대요. 그분이 오는 날엔 예쁜 옷을 골라 입고 아버지 심부름도 열심히 했어요. 겨우 열다섯 살 사춘기의 효리 언니는 그랬지요.

그러던 어느 날, 제가 없던 날에, 술이 거나해진 해병장교는 아버지가 술병을 안고 잠이 든 사이에 효리 언니를 덥석 업어 주셨대요. 비밀로 하고 싶었겠지만 너무 기분이 좋고 자랑하고 싶어서 제게 말을 해 버렸겠지요. 그분의 등에 업혔더니 온몸이 간질거리고 정신이 아찔했다나 봐요.

집채만 한 그분의 등에 업힌 언니는 콩닥거리는 가슴을 느끼면서 얼결에 그렇게 물었대요. "결혼을 하셨나요?" 너무나 엉뚱하고 엄청난 질문이었지요. 그러나 해병장교는 껄껄껄 웃은 뒤에 속삭이듯 말했대요. "아니, 효리가 크면 효리와 결혼할 건데…"

아버지도 엄마도 못 들으셨고, 물론 저도 못 들었던 아주 아주 놀랍고도 비밀스런 이야기였지요. 열다섯 살 여중생의 귀에 울린 그 속삭임은, 아! 얼마나 황홀한 말이었을까요. 그 말을 들었을 때 제 마음까지 아주 이상했다니까요.

어쨌든 그 말은 언니의 어린 가슴에 커다란 바위의 무게로 자리 잡고 말았겠지요. 그때부터 언니는 세월이 빨리빨리 가기를 바랐고, 어서어서 키가 크기를 바랐고, 성숙한 아가씨가 되고 싶어서 늘 거울 앞에 앉았대요. 해병장교와 결혼할 수 있는 날이 어서 왔으면 했다니까요.

그러나 그것은 세월이 흘러 버린 후에 느꼈지만, 효리 언니는 혼자만의 어리고 어림도 없는 사랑의 열병이었던 것 같았어요. 해병장교는 다만 언니의 귀엽고 예쁜 모습을 아껴 주었는지도 모를 일이었어요. 지금의 생각이지요.

그분은 우리에게 문학 이야기나 오페라 이야기를 자주 해 주었고 어린 왕자를 선물해 주기도 했어요. 어린 시절을 불우하게 보내며 문학의 꿈을 가꿨으나 군인의 길을 택했다며 허탈하게 웃기도 했었지요. 그분이 언니와 저에게 사준 선물 중에는 베이비 로션도 있었지요. 열다섯 소녀의 복사꽃 같은 두 볼에 바르기에 딱 알맞은 화장품이었지요. 아마 그 선물이 그분의 마음이었을 거예요.

그리고 그분이 불렀던 노래는 어린시절 엄마와 살던 고향을 그리는 동요가 고작이었어요. 우람한 체구에 그 마음은 열 살 남짓 소년이었던 것 같았지요. 해병장교에게도 필시 무슨 가슴 속 사연이 있었나 봐요.

그런데 효리 언니를 업어 주었다는 그 일이 있은 후겠지만 언제부터인지 그 해병장교가 우리집에 나타나지를 않았어요. 무슨 바쁜 일이 있을 것이라고 생각했지만 두어 주일에 한 번, 적어도 한 달에 한 번 정도는 왔던 것 같은데 그때 여러 달 모습을 보이지 않았어요. 그림을 그리시던 아버지께서도 "무슨 일이 있나, 이 사람이 술을 안 사와." 하시며 기다리는 말씀을 하셨지요. 고집쟁이이신 아버지도 "네, 네, 선배님!" 하며 굽신굽신 따르는 심성 착한 그분이 좋으셨던 모양이에요.

안 보면 잊는다더니 그렇게, 그렇게 시간이 지났었지요.

오려나, 오려나 하던 세월이 1년쯤 흘렀을 때 우리는 아버지로부터 하늘이 무너지는 듯한 소식을 들었어요. "얘들아, 소리야, 소정아!" 아버지는 우리가 커서도 뭔가 특별한 감정을 이야기하시거나 기분이 좋으실 때는 효리, 효정이보다 '소리, 소정이'라는 이름을 좋아하셨는데 그날도 '소리야, 소정아'로 말문을 여셨어요. "그 해병대 아저씨 말이다. 이젠 더 못 보게 됐구나.", "왜요, 아버지." 놀라움을 감추지 못한 우리 자매의 합창이었지요. "무슨 일이에요. 아버지?" 언니의 연이은 물음이었어요. "미군들과 뭐라더라… 기동 훈련 중에 미군장교와 언쟁을 했는데 권총 오발 사고가 났다는구나. 그래서 그만…." 아버지는 '권총 오발 사고'라고 했지요. 정확한 뜻은 몰랐지만 언니는 그 권총을 오발했다는 말을 듣고 무슨 서부극의 한 장면을 연상했대요. '아, 해병장교 아저씨가 권총을 늦게 뽑았구나!' 하는. 그날 밤 우리 자매는 얼마나 울었는지요. 언니는 눈이 퉁퉁 붓도록 밤새 울었어요. 아버지 몰래요. 언니는 열다섯 어린 나이에 만난 그 해병장교와 결혼할 것이라는 생각을 굳게 굳게 했었다니까요.

그런 얼마 후 해병장교에 대한 또 다른 소식을 들었는데 그분은 권총 '오발사고'로 숨을 거둔 것이 아니라, 덩치가 집채만 한 미군장교와 의견 충돌로 맨주먹 결투를 벌이다가 그만 미군장교가 쏜 비겁한 권총에 맞아 현장에서 절명했다는 거예요. 어머니가 들려주신 이야기였어요. 그럴 거예요. 맨주먹으로만 결투를 했으면 질 리가 없었을 거예요.

그가 가고 없는 그 후 효리는 누구와도 사랑의 말을 나누지 않았던 거지요. 그것이 마음속 깊이 좋아했던 사람에 대한 도리라고 생각했대요. 어쨌든 그 일은 언니의 가슴에 빠지지 않는 또 하나의 큰 못처럼 박혀 버린 거지요. 적어도 김 선생님을 만나기 전까지는요. 아마 그 해병장교에 대한 그리운 마음이 쉽게 선생님에게로 옮아간 걸 거예요. 조금도 서먹함이 없이요. 해병장교 이야기는 웃기지요?"

"아니, 『소나기』나 『창포 필 무렵』을 읽는 느낌이야, 아름다워…."

나와 효정이는 커피를 한 모금도 마시지 않았다.

"피곤해요. 선생님."

"이야기를 듣다 보니 밤이 깊었군. 잠시 모든 것을 잊고 있었어."

밤은 깊어 바람도 잠들었고 효정이는 소파에 기대어 사르르 잠이 들어 버렸다. 달은 고요하고 맑은 얼굴로 휘영청 중천에 떠 있었다.

겨울을 위한 우리의 우화

2007. 10. 2.

27
—

어린 시절 눈 내리던 내 고향에서 실제로 있었던 일입니다.

눈이 내리는 겨울이면 동네 형들은 인근 야산에서 토끼몰이를 하든지, 가끔 건장한 몰이꾼들이 모이면 동네에서 좀 떨어진 큰 산으로 노루몰이를 하러 가곤 했습니다. 신발에는 새끼줄을 칭칭 동여매고 손에 든 것이라고는 겨우 몽둥이 하나.

내 기억의 그해 겨울 '노루몰이'는 형들이 작당을 해서 '기필코' 노루를 잡아 포식을 하겠다며 의기양양해서 떠난 것으로 알고 있습니다.

노루몰이를 하러 간 산은 나도 잘 압니다. 나무는 별로 없고 바위투성이인데다, 골마다 너럭바위가 많아 눈이 오면 미끄러워 노루나 사람이나 제대로 뛸 수가 없을 정도입니다. 그래서 노루를 발견해도 번번이 놓친다는 험한 곳이었습니다. 그중에도 '독박골' 인가 하는 곳으로 노루를 몰기만 하면 독 안에 든 쥐처럼 잡을 수 있다는 얘기도 들어서 알고 있었습니다. 독박골로 잘만 몰면 노루고기는 먹은 거나 진배없었습니다.

동네에는 이미 소문이 좍 퍼졌습니다. 동네 청년들이 노루몰이를 갔는데 이번에는 몰이꾼이 많아서 꼭 잡아 올 것이라는.

그러나 점심을 먹고 의기양양하게 떠난 동네 형들은 동네 사람들의 기대와는 영 다른 모습으로 해가 질 녘, 찬바람을 맞으며 풀이 죽은 모습으로 나타났습니다. 노루는커녕 토끼도 한 마리 못 잡고 빈손으로 돌아온 것입니다.

'빈손'이 문제가 아니었습니다. 그날 저녁 무렵부터 동네에는 배꼽을 잡고 웃을 일이 시끄럽게 퍼졌습니다. 형들에 관한 망신살이 뻗칠 정도의 그 이야기를 나는 지금도 기억하고 있습니다.

동네 형들은 운 좋게도 산에 도착하자마자 거짓말 좀 보태서 송아지만 한 노루를 발견했고 '와~~~ 와~~~!' 요란스럽게 몰이를 해서 이내 그 독박골로 노루를 유인하는 데 성공했습니다.

정말로 노루가 마치 몰이꾼들이 무엇을 원하는지 아는 듯이 독박골로 뛰어 들어간 것입니다. '이건 잡았다!' 하는 함성이 터졌습니다. 그곳에 들어가면 도저히 노루가 빠져나갈 곳이 없었기 때문입니다.

희희낙락한 동네 형들은 독박골 입구에서 '이놈 너는 오늘이 제삿날이다!' 하며 웃고 떠들고 담배도 피우고, 신 끈도 다시 매며 전열을 가다듬는 작전회의까지 했는데 그만 거기에서 서로 '누가 잘했네, 누가 걱정되네, 하마터면 놓칠 뻔했네' 하며 언성을 높여 논공을 시작했고 노루를 잡으면 어떻게 처리할 것인가를 미리 정해야 나중에 뒷말이 없다며, 잡지도 않은 노루를 나누기 시작했답니다.

몸통은 동네 사랑방에서 같이 삶아 먹되, 뒷다리 살은 어느 형이 갖고, 또 한 다리는 누가 갖고, 앞다리살은 어느 형이 갖고, 가죽은 누가 갖고, 쓸개는 누구 할아버지께 드리고. 한참 동안 신나게 논의해서 합의를 보고, 골짜기를 향해 요란하게 몽둥이를 휘두르며 쳐들어갔지만, 이미 노루는 사력을 다해 쥐도 빠져나갈 곳이 없던 독박골을 벗어나 산 너머로 사라진 뒤였습니다. 바로 쳐들어가 때려잡았어야 했는데….

그러고는 한바탕 서로 삿대질을 하다가 풀이 죽어, 고개를 숙이고 해가 질 녘에 동네로 돌아온 것입니다.

치열한 생활의 전쟁터에 선 우리는 모두, 해지는 저녁에 고개를 숙이고 빈손으로 집으로 돌아가는 '우수의 사냥꾼'이 아닐까요.

밴쿠버,
그리고 공지천의 추억

2010. 2. 24.

28

거의 연일 쏟아지는 밴쿠버 동계올림픽 메달 소식!

어디 옛날 같으면 상상이나 했겠어요?

동메달을 갈망하던 시절이 있었는데, 혜성처럼 나타난 빙상 쇼
트트랙 종목 선수들이 메달을 땄다는 소식으로 어리둥절하던 국
민은 이제 쇼트트랙은 마치 양궁의 경우처럼 '한국 전 종목 석권'
을 거의 당연시하게 되었습니다.

그러더니 우리의 김연아 선수가 수준 높은 기량으로 세계를 놀
라게 하며 우리를 행복하게 하고 있습니다.

또 그러더니, 이번 밴쿠버 대회에서는 동양인에게는 불모지라
고 말하는 스피드스케이팅에서 기적처럼 금메달, 은메달을, 심지
어 신기록까지 내면서 마구 따내고 있습니다.

이런 요즈음, 마침 우리 어릴 적 1960년대, 그때를 회상할 기회가 있었습니다. 얼마 전 춘천에 볼일이 있어서 갔다가 의암호반 공지천 물이 유입되는 천변에 있는 유서 깊은 카페 '이디오피아'에 들러 커피를 마시며 창밖으로 펼쳐지는 공지천 겨울풍경을 바라봤습니다. 공지천, 그러니까 춘천에 있는 작은 개울이지요. 1960년대는 바로 그곳 공지천 얼음판 위에서 전국동계체전이 열리곤 했습니다.

지금 우리나라 빙상스포츠계의 선배들은 그 공지천 얼음판 위에 붉고 푸른 물감을 뿌려 그린 야외 아이스링크에서 수동 스톱워치로 기록을 재며 경기를 했답니다.

서울에서 온 서울중앙방송국(KBS 전신) 스포츠 중계 아나운서들은 방한용 귀마개를 쓰고 허연 입김을 내며 "네! 좋은 기록입니다!"를 연발하며 중계방송을 했고요.

이런 작은 개천의 역사에서 세계적인 용(스타)들이 나온 거지요. 우리 강원인들은 자부심을 가져야 합니다. 강원도는 대한민국 동계스포츠의 요람입니다. 정말 가련한 시절을 딛고 일어선 기적과 같은 일이 아닐 수 없습니다.

세상은 얼마나 진화하고 발전했습니까?
향수에 젖어 옛날을 생각해 봤습니다.

우루과이에서 잃어 버렸던
안경 이야기

2010. 3. 31.

29

가끔 서류를 보거나 독서할 때만 쓰는 안경을 아무 데나 놓고 정신없이 두고 오는 경우가 있습니다.

얼마 전에 영광스럽게도 대한민국 대통령 특사로 남미 우루과이 동방공화국 메히까 대통령 취임식에 참석하기 위해 출장을 갔다가 또 실수를 했습니다. 장거리 비행을 하느라 책을 여러 권 가지고 갔는데, 비행기 안에서 책을 읽다, 졸다 뒤척이다가 그만 비행기 좌석에 안경을 두고 내렸지 뭡니까.

아차! 안경을 두고 내린 것은 호텔에 도착해서 여장을 푼 후에야 알았습니다. 뭔가를 비행기에 두고 내린 것이 창피하고 부끄럽기도 해서, 불편하지만 실눈 뜨고 보면 될 듯하여 동행한 외교부 직원에게 아무 말도 안 했습니다. 이미 내가 타고 온 비행기는 청소가 다 됐을 것이고, 다시 승객을 태우고 윙~ 떠났을 것이니 포기했지요.

그런데 안경이 없으니까 안경 쓸 일이 자꾸 생기더군요. 몇 시간이 지난 뒤 밥을 먹다가 "에이, 안경을 비행기에 두고 내렸더니 불편하군요" 하는 내 혼잣말을 들은 외교부 직원이 "그러셨습니까? 한번 알아보겠습니다"라며 응대를 하더군요. 그 말을 흘려들 었지요.

다음날, 행사장으로 출발할 시간이 되어 호텔 로비에 나왔는데 웬 여자가 나를 보더니 조심스럽게 말했습니다.

"꼬레아?"

나는 얼결에 "예스! 코리아"라고 했고요.

그 여자는 미소와 함께 노란 봉투를 내밀었고 나는 "땡큐!" 하며 무슨 참고 서류인 줄로만 알고 사무적으로 받았습니다.

그랬는데, 그 봉투 속에 잃어 버렸던 내 안경이 들어 있는 것이 아닙니까?

'아, 내 안경!'

나는 그 여자를 향해 '땡큐!'를 연발했습니다.

찾을 수 없다고 단념한 상황에서 잃어버린 안경을 찾다니, 나는 이 작은 나라 우루과이의 기동성과 역량과 시민정신과 공무원의 친절을 느끼며, 그 여자에게 말했습니다.

찾을 수 없을 거라고 여긴 내 안경을 찾아 감격했으며 이 좋은 기억을 영원히 간직하겠노라고.

여러 해 전 내가 아나운서였을 때 네덜란드 여행 중에 어느 작은 시골 역에서 열차가 고장이 나서 비행기를 놓칠 상황에 처한 적이 있었습니다. 승무원들의 안내방송이 반복되어 나오고 잠시 기다렸더니 어디로부터인지 수십 대의 버스가 나타나 그 많은 열차 승객을 질서 있게 태우고 우회 국도를 달리고 달려, 안전하게 스키폴 국제공항까지 태워다 주는 기동성을 보이는 것이 아닙니까. 허둥지둥하거나 답답한 구석 없이, 마치 가끔이지만 그런 비상상황에 항시 그렇게 대처한다는 것처럼. 그때 그 작고 강한 나라 네덜란드의 사회적 시스템에 감격하고 놀란 이후 두 번째 느낀 감동이었지요.

아무튼, 나는 그날 받았던 노란 종이봉투를 버리지 않고 가지고 귀국했고, 우리도 그렇게 하고 있을까 하는 부러움과 함께 자랑삼아 그 이야기를 전합니다.

세한도를 말한다

2010. 12. 22.

30

무더운 한여름에는 모두가 푸르르고, 또 저마다 푸르름을 다투어 자랑하지만 겨울이 오고 찬서리가 내리는 추운 겨울[歲寒]이 되면 활엽수의 푸른 잎들은 거의 모두가 단풍 져 떨어지고, 늘푸른 소나무 전나무 잣나무들만 그 겨울에도 푸르름을 보이지요.

몸보다 오히려 마음이 추웠던 올 한 해를 보내며 느낀 것은 세한도에 담긴 '추사 김정희'의 생각을 떠오르게 했습니다.

아시는 것처럼 엉성해 보이는 추사의 '세한도' 그림에는 깊은 뜻이 있습니다. 세한도는 유배지에 간 추사 선생이 느낀 세인들의 속성을 날카롭게 이야기한 그림입니다.

잘나가던 시절 추사 주변에 들끓던 사람들, 그러나 유배지에 간 힘없는 추사를 그들 모두 멀리하거나, 또는 가까이하기를 꺼

려할 때 한양의 젊은 실력자 '이상적'은 되레 공무로 연경에 다녀오며 사 온 귀한 책을 유배지에 있는 추사에게 거듭해서 보냅니다. 죄인을, 게다가 희망이 없어 보이는 유배자를 가까이하면 출세길이 막힐 수도 있었는데 말입니다.

추사의 쓸쓸한 그림 세한도에 나오는 한겨울 푸른 소나무는 바로 그 '이상적'을 말하고 있다는 거지요. '세한도'가 국보인 것은 아마도 이런 의미 때문일 수도 있겠습니다.

눈 내리고 바람 부는 '세한'의 겨울이 와도 여러분에게도 또 저에게도 봄은 다시 오며, 그때 세상은 다시 온통 새로운 잎 푸른 나무들로 무성할 겁니다.

이곳은 이계진의 수필이 있는
오솔길입니다 I

2014. 10. 9.

31

탤런트 '이종만' 씨를 아는 사람은 그렇게 많지 않을 것입니다. 나이가 좀 든 세대의 분들은 그를 아시는 분이 많을 터이지만, 이종만 씨도 꽤 활동을 많이 한 중견 탤런트입니다. 키가 아주 크고, 웃으면 하회탈 같은 표정을 짓는 분입니다. 내가 알기로 아마 키가 너무 커서 (1미터 90센티미터쯤 됩니다.) 키 큰 여자 탤런트가 드물던 시대에, 배역이 자주 주어지지 못했던 걸로 알고 있습니다.

내가 KBS방송국에서 그의 아름다운 뒷모습을 본 것은 꽤 오래된 기억이지만, 가끔 그를 떠올리며 부끄러운 나를 발견할 때가 있습니다.

어느 날 녹화를 하다가 쉬는 짬에 화장실을 갔는데 6척이 넘는 장신인 그가 푸덕푸덕 세수를 하고 있었습니다. 소변을 마치고 세면대 앞으로 가 보니 그는 다시 물을 틀어 비누질을 하고 있었습니다. 마치 결벽증이 있는 사람이 씻고 나서도 또 씻으려는 것처럼.

그런데 그가 갑자기 비누 거품이 잔뜩 묻은 손으로 화장실 세면기를 닦기 시작하는 게 아닙니까. 나는 잠시 멍하니 서서 드물게 보는, 아니 처음 보는 유명 탤런트의 행동을 신기한 듯 바라보고 있었습니다. 그러다가 물어보았습니다.

"뭐 하세요?"

"아, 허허허, 내가 더럽게 썼으니까 씻어 놔야 다음 사람이 찝찝하지 않을 것 같아서요. 허허허."

"청소하는 아주머니들이 하실 텐데요."

"에이 그냥이요."

"……."

"남들이 쓴 다음에 내가 쓰려면 그렇잖아요. 그러니까 내가 쓴 다음에 쓰는 사람도 그럴 거니까, 허허허."

나는 빙긋이 웃어 보이는 것으로 더 말을 하지 않았습니다. 그러나 그때 본 그 사람의 뒷모습은 지금까지도 잊혀지지 않습니다.

그 후 적어도 내 집에서 내가 세면기를 쓴 다음에는 비누로 닦거나 샤워기로 씻어 내기를 잊지 않습니다. 이종만 씨를 따라서 한다는 생각인데도 기분이 상쾌합니다. 그러나 아직도 나는 공중 세면장에서는 이종만 씨처럼 하지는 못하고 '깨끗하게 사용하려는 것'만으로 겨우 예의를 갖춥니다.

인기 순위에서 높은 위치를 차지한 적이 없던 그이지만, 적어도 그의 마음과 행동은 보이지 않는 곳에서 그렇게 아름답게 빛나고 있었습니다.

언젠가 고 정채봉 동화작가의 『그대 뒷모습』이라는 수필집을 읽은 적이 있는데, 나는 그렇게 탤런트 이종만 씨의 '뒷모습'을 본 사람이 되었습니다.

아이스 아메리카노의
슬픔

2023. 7. 11.

32

아이스 아메리카노가 슬프다니!

'커피'가 슬퍼요?

네, 분명 커피가, 아이스 아메리카노가 슬퍼요.

30년쯤 전에 출판된 이희승 국어사전을 펴 보니, 약 30만 단어의 표제어가 실린 방대한 사전에 '아메리카노'가 없더군요. 그래서 슬프다는 게 아닙니다. 그 사전에는 '라테커피'도 '에스프레소'도 없던데요. 그러니까 커피가 이렇게 널리 퍼져 일상화된 것이 30년 이내라서 그런가 봅니다. 거리마다 골목마다 카페 천지일 정도로 서울에도 소도시에도 그리고 가정에도 커피 열풍입니다.

오래전 책에서 본 커피의 정의는 '밤처럼 까맣고, 태양처럼 뜨겁고, 사랑처럼 달콤한 것!' 이었지요. 사랑처럼 달콤이라고요?
설탕을 듬뿍 넣어 마시던 시대의 정의니까 그 말은 이제 시대에
맞지 않지요. 태양처럼 뜨겁고는 어떨까요?

　지난겨울 어느 날, 읽던 책을 내 던지고 볼일이 있어서 서울에
올라갔습니다. 목적지에 도착해 보니 시간 여유가 있더군요 뭘
할까? 아 그래, 커피! 그 맛도 잘 모르고 살았지만 아직도 내 몸에
카페인 분해 능력이 있음에 감사하며 그나마 더는 못 마시게 되
기 전에 커피 좀 마셔 보자!
　카페가 여기저기 많이 눈에 띄더군요. 몸도 녹이고 다리도 쉴
겸 해서 커피점에 들어갔지요. 나이 들면 조심할 것이 많아서 정
신 바짝 차리고 카페에 들어갔습니다. 두리번거리다가 소지품을
빈 탁자에 내려놓고 주문대에 다가갔습니다. 상냥한 마담이 뭘 마
시겠느냐고 주문을 받으러 오던 시대를 산 우리 세대들은 요즘 아
르바이트생들이 대부분인 카페에 가면 약간 긴장을 해야 합니다.
　늘 그렇지만 커피 메뉴판을 쳐다보고 골라 봤자, 종류보다는
그 집 커피들의 가격 비교도 하며 어느 걸 주문할까 내심 고민도
하다가, 결국 귀착 메뉴는 늘 그거지요.
　"아메리카노 한 잔 주세요."
　"따듯한 걸로요?"
　"물론이지요."

'물론'을 강조했지만 사실 나이 들어 찬 것을 피한 지 오래인데 여자 점원이 "따뜻한 걸로요?" 하고 묻는 말이 좀 이상하게 들려서 나도 '물론'임을 힘주어 말했습니다. 체력이 허약해지기도 했지만 '이 추운 겨울에 아이스 커피를 마시는 사람도 있나?' 하며 이상하게까지 생각했지요.

세 끼 밥만 먹다가 모처럼 서울 나들이를 나왔으니, 여행 온 기분도 낼 겸 달콤한 빵도 한 개 주문해서 곁들였습니다. 좋았습니다. 카페 창가에 앉아서 김이 올라오는 커피잔과 거리의 행인들의 모습을 프레임 안에 걸어 사진도 찍고, 또 그걸 친구들 카톡방에 올렸습니다. 점잖게 약도 좀 올리듯이요. 그러고는 핸드폰도 들여다보며 느긋하게 커피를 즐겼습니다.

그런데, 카페를 나온 후로 거의 종일 '따뜻한 걸로요?' 하던 카페 점원의 말이 자꾸 머리에 맴돌고 있는데, 무슨 인터넷 검색을 하다가 커피 연관어를 찾아보고 나는 놀라지 않을 수 없었습니다. 아이스 아메리카노, 줄여서 '아아'를 보니 겨울에도 젊은이들은 대략 70 퍼센트가 '아이스 아메리카노'를 즐긴다는 것이었습니다. 놀~람! 그러니 그날 그 점원이 '따뜻한 걸로요?' 하며 주문을 확인하던 것이 하나도 이상하지 않은 거였어요.

이게 뭘 말하는 걸까? 의구심이 생겼습니다. 그 이틀 후, 젊은

이들과 커피를 마실 기회가 또 생겼지요. 그래서 물어봤지요. 젊은 사람들이 왜 겨울에도 아이스 아메리카노를 마시느냐고요. 혹시 젊음의 과시나 뚝멋은 아닐까 해서요. 대답은 놀라웠습니다.

"취향상 따뜻한 걸 즐기는 사람들도 있지만 점심시간을 예로 들면, 식사 후에 뜨거운 커피를 주문하면 점심식사 시간에 맞춰 커피를 마시고 사무실에 들어갈 여유가 없지요. 말하자면 커피를 식혀 가며 천천히 즐길 수가 없거든요. 그래서 얼음을 넣은 아이스 아메리카노를 주문하는 겁니다."
"아하, 그래요? 아, 그렇구나!"

뜨거운 커피를 주문해서 마실 때 너무 뜨거워서 쉽게 빨리 마시기 어려웠던 기억이 있을 겁니다. 나는 갑자기 시간에 쫓기는 지금의 젊은이들이 측은해 보였습니다. 커피를 알맞게 식혀 가며 담소를 즐길 시간이 없는 직장생활을 하다니요. 내가 즐기던 따끈한 아메리카노는 사치였다는 생각이 들었지요.
그래서 한겨울에 마시는 젊은이들의 '아이스 아메리카노는 슬프다' 는 생각을 했답니다.

어떤 정년

2023. 7. 13.

33

정년은 축복일까요, 불행일까요?

'정년'이 서글프고 당황스러웠던 시대가 있었습니다. 불과 20~30년 전 '평생직장' 개념의 시대에, 열심히 일하다가 때가 되면 맞는 정년이 당연하고 흔하던 시대지만, 특히 남자들에게는 일생에 무슨 큰 쉼표를 찍는, 아니 마침표를 '찍힘 당하는' 느낌이 바로 정년이었지요. 그때의 정년은 좋은 시절이 다 가고 인생 퇴물이 되었음을 공인받는 것 같은 기분에 서글프기도 했을 겁니다. 위로와 축하도 받지만 정년이 되면 남은 인생을 어떻게 살아갈지도 불확실해서 혼자 당황스럽고 불안하기도 했겠지요.

그런데 근간 언제부터인가 직장의 도산이나 파산, 해고, 명퇴가 흔한 세상이 되어 30~40대, 40~50대에 백수가 되는 세태가 되고 보니, 무탈하게 정년을 맞는 사람은 부러움의 대상이 되고, 축복받는 시대가 된 느낌입니다. 물론 자기 의지로 직장을 자주 옮기는 능력 있는 사람들은 예외고요.

어쨌든 정년은 열심히 일한 사람에게 아름다운 휴식을 명하는 제도인 동시에 사용자로서는 능력과 체력이 쇠해진 구성원을 교체하는 수단이기도 합니다. 그런데 생각해 보면 정년이 따로 없는 직종도 매우 많습니다. 생각나는 대로 열거해 보면 이발사, 예술인, 자영업자, 농어부, 저술가, 자격증을 가진 각종 기술자들(시계 수리공, 모터 전문가, 요리사, 전기기술자), 요즘의 개인방송 운영자 등등까지.

내가 방송국에 다니던 젊은 시절부터 단골로 다니던 구두닦이 겸 신기료장수 한 분이 있습니다. 아마 단골손님이 많으니까, 그 위치를 말하면 '아! 그분' 하실 분도 계실 테지만 프라이버시를 존중해서 밝히지 않구요. 일견에도 참 선해 보이는 분, 근면한 분, 건강한 분이라는 인상을 받게 되는 분입니다. 구두를 닦거나 수선을 하는 시간에는 방해가 안 될 정도의 대화를 하며 친근감을 느끼곤 했지요. 사는 얘기, 고향 얘기, 세상 돌아가는 얘기, 뭐 그런 얘기지만 짬짬하게 구두만 바라보는 것보다는 그것 또한 괜찮았으니까요.

그러다가 세월이 흘러 방송 일선에서 밀리고 내가 방송국을 떠나게 되고 어쩌다 그 근처로 우연히 볼일이 있어 지나다 보면, 그분은 그 자리에서 변함없이 예의 선한 모습과 건강한 모습으로 열심히 일을 하고 있더군요. 구두 닦을 일도 없고 해서 그냥 지나칠 때도 있지만 가끔은, 마침 구두가 지저분해 보여 구두를 내밀 때도 있었는데, 그럴 때면 하회탈처럼 웃으며 무척 반겼습니다. 우리는 서로요.

그런 세월이 자꾸 가며 그분과의 만남도 횟수가 줄고 뜸해지더군요. 그런 어느 해 어느 날 그분은 내게 "왜 요즘은 텔레비전에서 볼 수가 없느냐"며 근황을 묻더군요. 그날 나는 늙어 가는 내 모습과 내 인생의 오후를 생각하며, 이젠 "충분히 늙었으니 일 그만 해야지요"하고 농담을 건네고는 "선생님은 여기 정년도 없고 한데, 아직 일 더 많이 해야죠? 언제까지 일하실 참인가요? 아직 건강하신데" 했더니, "저도 이제 그만 하고 고향에 가서 땅뙈기나 부치면서 자연인들처럼 살고 싶어요" 하는 것이 아니겠습니까? 그분은 TV에 비치는 산간 오지 자연 속에서 특이하게 사는 사람들 이야기를 하며, 고향에 가서 옛날에 살았던 집을 수리해 불 때서 밥해 먹고, 옛 친구 만나고, 운동도 하고, 맑은 공기 마시고, 채마전이나 가꾸며 그렇게 살고 싶은 모양이었습니다.

그런데 눈여겨보니, 대화를 하며 내 구두를 닦는 그 사이에도,

계속 구두를 맡기고 가는 사람들이 있었습니다. 뿐만 아니라 이미 반짝반짝 광을 내서 닦아 놓은 구두도 여러 켤레가 놓여 있더군요. 곧 찾으러 올.

구두를 다 닦았다고 하기에 "참 요즘은 얼마지요?" 하니 5천 원이라고 하더군요. 5천 원? 가만, 4~5분 만에 쓱싹쓱싹 문질러서 5천 원이면, 물론 쪼그리고 앉아 팔도 아프고, 그 좁은 공간에서 구두 먼지도 마시고, 더러는 구두 꼬랑내도 맡아야 하는 고역을 감내해야 하겠지만, 그거 수입이 짭짤하겠다는 생각을 하게 됐지요. 늘 구두를 닦으면 내던 돈인데 그날은 새삼 노년의 수입으로는 상당히 매력이 있어 보였습니다. 한물간 나도 근근이 살기 때문이겠지요.

그런데 이제 그 일 그만하고 낙향해서 자연인처럼 살고 싶다니 그도 지쳤는가 보다 하는 생각을 했습니다. 그럴 테지요. 이제 그놈의 구두만 봐도 지겨울지도 모릅니다.

구두를 닦고 신기료장수와 헤어졌습니다. 그리고 또 수년이 흘렀습니다. 방송국에 갈 일도 이제는 거의 없으니 그분을 만날 일도 없게 된 거지요.

그런데 올해 어느 날 특집 프로그램 출연이 있어서 방송국에 다녀오던 길에 그 장소를 지나다 보니, 아하 아직도 일을 하고 있더군요. 반갑기도 하고 구두도 닦고 인사나 하려고 다가서니 그분 역시 무척 반기더군요. 몸이 좀 쇠해진 듯한 느낌이었지요.

"건강은 좋으세요? 여전하시군요. 반가워요!"

"네, 크게 아픈 곳도 없고 그냥 일해요. 그만할까도 생각했는데, 고향의 노모도 돌아가시고 고향에 가 봐야 친구들도 더러 죽고 몇 안 남은 것 같아서 그냥."

"좋으시지요 뭐, 건강하시면. 놀면 뭐해요."

그날도 역시 구두닦기 신기료장수가 일하는 풍경은 마찬가지였지요. 구두를 맡기고 가고 찾아가기도 하고, 돈을 내면 웃음 띤 얼굴로 받아서 주머니에 착착 넣고.

그분에게 건강하시라는 덕담으로 작별의 인사를 하고 돌아서 걸으며 나는 생각했습니다. 어쩌겠나 정년이 없는 일이니, 저분은 결코 스스로 정년을 맞지 못할 것인데.

내가 알기로 한때 우리나라 개인택시의 '강제 부제 운행' 제도가 생겼던 것은, 일본에서 개인택시 기사들이 건강을 믿고 무휴의 연속근무를 하다 사망자가 속출했던 때문이었답니다. 하루만 더, 하루만 더, 이번 손님만 태우고 이번 손님만 태우고 하다가 과로 사망자가 속출했다는 거지요.

그리고 보면 정년 제도의 순기능도 크지 않을까요? 그렇지 않을까요?

자리양보는
늙어서도 사서 한다

2023. 7. 21.

34

난 아직도 사람들에게 낯익은 얼굴이 되어 긴장하며 살지요. 그거 좋겠다고요? 아님 불편하겠다고요? 네, 맞습니다. 양면성이 있습니다. 왕성한 활동기를 많이 지났어도, 마스크 쓰고 살던 코로나 팬데믹 시대에도 크게 다르지 않더군요. 이건 참 감사하고 또 감사한 일입니다. 불편하다는 생각은 전혀 없습니다. 그저 웃고 살지요.

어느 날 점심 약속에 늦지 않으려고 바쁜 걸음으로 막 전철역 출구로 향하고 있는데, 배낭을 멘 건장한 장년의 남자가 다가서며 말하더군요.

"선생님, 안녕하세요? 저, 제가 어제부터 밥을 한 끼도 못 먹었거든요? 배가 너무나 고픕니다. 어려우시겠지만 밥 좀 먹게 해 주세요."

이 부분에서 벌써 여러분 중에는 '아, 그 사람 그거 구걸하는 수법인데!' 혹은 '나도 당했는데!' 하시는 분도 있을 겁니다.

느낌이 이상했지만 그의 하소연을 들어야 했지요. 그는 나보다 젊고, 나보다 살집도 좋고, 몇 배는 건강해 보였어요. 그러나 어제부터 밥을 못 먹었다는데! 순간 판단이 어려웠습니다. 바보가 되느냐, 유명세를 무느냐, 몰인정을 면하느냐.

"음… 저보다 젊고 건강하신데, 일을 하셔야지요. 왜 이런 모습을 보이시나…."

"……죄송합니다. 한 번만 도와주세요!"

나는 이미 지폐 한 장을 꺼내 들고 있었습니다.

그와 헤어져 점심 약속을 한 친구와 식사 중에 그 얘기를 했더니, '아니, 그 뻔한 수법에….' 하며 안 주는 게 옳았다는 말을 하더군요. 그때 나의 궁색한 그러나 아주 그렇지만은 않은 대답은 이랬습니다.

"만약 그가 정말 밥을 못 먹어서 배낭을 멘 채 쓰러져 119 구급대가 오고 병원에서 그에 대한 신원을 알아보기 위해 이런저런 조사를 하다가, 펑펑 울며 '그 이계진이라는 사람도 매정하게 뿌리치고 가더군요…, 흑흑흑' 이라고 말하면 즉시 도하신문 방송 SNS에 아무개 나쁜 놈! 이라는 비난 기사로 도배를 할 텐데, 현명하게 잘 막은 거 아닌가?"

우리는 한바탕 웃었습니다.

그로부터 며칠 후, 나와 점심을 먹었던 친구도 바로 그 전철역에서 그 사람을 만났는데, 정말로 내 덕에 지폐유출 사고를 막을 수 있었다고 전언해 왔더군요.

그 일이 있기 며칠 전 나는 선제적으로 어떤 선행을 했답니다. 이 나이면 전철에서는 나도 당당한(?) 경로석 이용자이지만, 가끔 짐을 들고 서 있거나, 나보다 허약해 보이는 노인들에게 자리를 양보하는 편인데, 그날따라 퍽 힘들어 보이는 노부부 승객이 들어오길래, 우물쭈물 상황을 살피다가 조용히 자리 양보를 했지요.

"저, 아주머니, 여기 앉으세요."

고맙다는 인사를 받고 잠시 눈을 감고 가는데, 그 바깥 영감님이 말을 걸어오더군요.

"이계진 아나운서시지요?"

"네, 그렇습니다. 기억해 주셔서 고맙습니다."

"저, 성○○ 선생님 아시지요?"

"네, 그분은 작고하신 저의 초등학교 때 담임 선생님이실 텐데요."

"아, 그러시지요?"

"어떻게 그 선생님을 아시는지요?"

"아, 제가 모셨던 ○○학교 교장 선생님이셨지요. 은사님께서 생전에 제자 자랑을 많이 하셨답니다, 허허허."

'아이쿠 이런….'

자리 양보를 안 했더라면 큰일 날 뻔했습니다. 서서 가길 잘했지.

이 모두 대운이 따른 성공적인 처신이었다는 생각에 나는 얼마나 다행스럽다고 생각했던지요. 만약 내가 그 전철 안에서 주변은 본체만체로 자리를 지키고 계속 앉아서 갔고, 그래서 그 노부인께서 그날 관절이 악화됐거나, 몸살이 심해서 몸져눕기라도 하셨다면, 가족 사이에 '이○○ 나쁜 놈, 초등학교 은사님이 어린 시절부터 그렇게 훌륭한 아이였고, 성장해서 아나운서가 되더니 방송도 훌륭하게 잘하고 성공한 제자라고 자랑하시더니, 전철에서 눈 꼭 감고 자리에 앉아 가고, 경로사상도 없고. 원, 순 거짓말이셨어!' 했을 것 아닌가요?

아이쿠, 아이쿠… 큰일 날 뻔했다니까요!

이런 이야기에 공감하시나요?

칠성사이다의 추억

2023. 9. 3.

35
—

그게 칠성사이다였을 겁니다. 왜냐면 내가 처음 '사이다'라는 것을 마시고 놀랐던 때가 1955년 쯤이니까, 1950년에 만들기 시작했다는 칠성사이다의 역사와 맞아떨어지기 때문이지요. 물론 상표를 기억하거나 그런 건 전혀 아니지만요.

초등(국민)학교 3학년이었던 여름방학 때, 늘 몸이 허약했던 나는 여름 감기로 추정되는 증세로 기침을 콜록거리고 목이 따끔거리며 아파서 어느 날 저녁밥도 못 먹고 축 처져 있었습니다. 집에서 멀지 않은 면사무소에 근무하시는 아버지가 저녁 수저를 내려놓으시더니 갑자기 내 손목을 잡아끄시며, 아버지가 오늘 숙직인데 면사무소에 같이 가자고 하시며 일어나시더군요. 나는 아무 말 없이 아버지에 이끌려 어둑한 동네 길을 따라나섰습니다.

자주 가 봐서 익숙한 시골 동네의 면사무소 마당 작은 평상에 아버지와 둘이 앉아서 고개를 젖히고 하릴없이 푸른 밤하늘을 쳐다보며 별을 셉니다. 사방은 어둡고 고요하고 적적했습니다. 평소에도 조근조근 이야기를 해 주지 않으시는 무덤덤한 아버지셨지요.

"잠시 앉아 있어라."

아버지는 그렇게 말씀하시고 어디론가 가셨습니다. 어딜 가신담? 무심한 듯 궁금한 마음으로 혼자 평상에 앉아 있으니 어둠 속에 사방은 괴괴하고, 면사무소 마당을 가로질러 가는 희미한 개의 모습만으로 친구 아무개네 개란 걸 알아보는 게 고작이었습니다. 어딜 다녀오셨는지 잠시 후 아버지가 돌아오셨지요.

"이거 마셔 봐라. 이거 마시면 목구멍이 싹 청소되고 깨끗해져서 아픈 목이 금방 나을 거다."

"아버지 이게 뭔데요?"

"어서 마셔봐, 사이다라는 거다."

"……. 사이다…요?"

펑 소리와 함께, 이로 뚜껑을 따서 건네주신 사이다를 병째로 들고 입안에 붓자, 쏴 하니 폭탄이 터진 듯 입과 목구멍이 찢어질 것만 같아서 나는 쩔쩔매며 한 모금을 겨우 마셨습니다. 뭐 이렇게 지독한 게 다 있지?

"시원하지? 어서 그걸 다 마셔라. 감기가 금방 나을 게다."

세상에 태어나 '사이다' 라는 걸 처음 마셔 본 겁니다. 첫 목 넘김은 고통스러웠으나 뒷맛은 알싸하고 달콤하고 기분이 좋았습니다. 한 병을 약 먹듯 목이 아픈 것을 참고 힘겹게 꿀꺽거리며 마시고 나니, 정말 아프던 목구멍이 다 나은 듯도 했습니다.

이렇게 희한한 걸 아버지는 식구들 모르게 마셔 본 게 틀림없다는 생각을 했습니다. 그러니까 나는 우리집에서 두 번째로 사이다를 마셨겠지요. 누이와 동생들에게도 비밀로 할 일이 생긴 겁니다.

그렇게 '불사이다' 를 마신 뒤 아버지는 숙직을 하시고 나는 어두운 밤길을 걸어 집으로 돌아왔고 입을 꾹 다물고 잠자리에 들었습니다.

사이다!

세월은 흐르고, 며칠 전에 따서 한 모금 마시고 뚜껑을 닫아 놓은 1.5리터들이 페트병 사이다를 바라보며 나는 또 그 어린 날의 사이다 맛을 느껴 볼까 하고 아득했던 옛 여름밤을 추억해 봅니다.

전철 안에서
내 눈앞에 펼쳐지는 풍경

2023. 9. 9.

36
—

이젠 자동차를 몰고 서울을 다녀오기보다는, 전철을 이용하는 편이 더 익숙해져 버렸습니다. 익숙할 뿐 아니라 한낮에는 붐비던 전철도 퍽 여유로워서 아주 편하게 이동할 수 있어서 좋고요.

그래도 출발역에서 전철을 탈 때, 자리에 앉아 가려고 다수의 승객들과 함께 우루루 밀고 들어가거나, 앉아서 가려고 잽싼 행동을 한다는 건 좀 쑥스러워서 웬만하면 거의 꼬래비로 느긋하게 탑승하지요. 에스컬레이터를 탈 때도요.

서울 가는 길은 왕복으로 세 시간쯤 걸리는 나들이지만, 웬만하면 서서 갑니다. 그러나 뭐 빈자리가 보일 때는 그럴 필요가 없지요. 조용히 앉아서 갑니다.

잘 아시다시피 요즘 전철을 타 보면 아마 열에 여덟, 아홉은 휴대폰을 들여다보는 것 같습니다. 나도 자주 휴대폰을 봅니다만. 그러다가 한때는 '이러면 안 되지' 하는 생각에 책을 읽으려고 시집이나 문고판, 또는 지인들이 보낸 수필집을 한 권씩 들고 집을 나서는데 퍽 괜찮은 방법이더군요. 쉽게 읽을 수 있는 책이어서 부담도 없고, 책을 보낸 지인에게는 '보내 주신 책을 잘 봤다'며 독후감 보고도 할 수 있고요. 그러기 전에는 휴대폰에 푹 빠졌다가 내릴 역을 놓친 적도 있는데, 책은 내릴 역을 지나칠 정도로 몰두하여 읽지는 않게 되더군요.

가끔은 노친네가 휴대폰에 빠진 듯한 꼴을 보이는 게 조금은 부끄러워서 어렴풋한 시선으로 건너편 승객석을 바라보며 생각을 모으기도 하지요. 아직도 그런 체면을 차리고 삽니다.

어쩔 수 없이 바라보게 되는 상대편 쪽의 승객들! 좌석에서 마주 보는 그들은 과연 서로 무슨 생각, 또는 어떤 시선을 보내고 있을까요? 아니면 관심 없을까요?

그런데 바로 이 대목에서, 꽤 오래전에 후배에게서 들은 말이 기억납니다.

"선배님 저는요, 운전 중에 신호등에 걸리면 짜증이 나는 게 아니라 그렇게 재밌을 수가 없어요! 건널목을 건너는 각양각색의 군상들을 보는 게 아주 즐겁고 재밌더라고요."

"그래요? 신호 바뀌는 거 째려봐야지 무슨…?"

"남녀노소, 키 큰 사람 작은 사람, 빼어나게 잘생긴 사람, 수염이 멋진 사람, 머리가 귀신처럼 긴 사람, 괴로운 표정의 사람, 아파 보이는 사람, 무거운 짐에 짓눌려서 건너는 사람, 건널목 건너는 사이에도 둘이 싸우는 듯한 몸짓으로 건너는 사람, 종종걸음으로 걷는 사람, 늘씬한 다리로 섹시하게 걷는 사람, 신호가 다 됐는데 2~3초 남겨 두고 막무가내로 건널목에 들어서는 사람 등 별별 사람들이 다 있거든요. 참 재밌어요. 대기 신호가 길다는 생각도 안 들고 아주 좋아요."

그 기억이 떠올라서 '아, 나도 기왕에 건너편 승객석에 앉은 일곱 명의 모습을 감상해 볼까?' 하는 생각을 해 봤다가, 이내 그만두기로 했습니다. 왜냐면 평소 건너편 사람들이 나를 알아본 듯 시선을 불편하게 보내다가 거두곤 하는 걸 느낀 적이 많은데, 그럴 때마다 '저 사람은 나를 어떤 생각으로 바라볼까' 하는 데 생각이 닿을라치면 별로 유쾌하지 않았기 때문입니다.

그러지 않아도, "안녕하세요? 어디 가세요? 지금 어디 사세요? 요즘엔 왜 방송에 안 나오세요? 의정활동 더 하시지요! 아니 세월이 흐르긴 흘렀군요."라며 인사를 하는 분들도 있지만, 몰래 째려보다가 눈을 거두어들이는 사람들이나 눈을 감고 가면서 내 모습을 본 사람들은 '흥, 저것도 늙었군 몇살이나 됐을까…?', '어딜 간디야…?' 그럴 것 같기도 하거든요.

그래서 나도 남들을 불편하게 할 분석적 시선은 보내지 않는 것이 맞는다고 생각한 겁니다. 건널목 교통 신호 대기 시간에 길 건너는 사람들을 재밌게 구경한다는 후배와는 좀 다르게요.

그러나 아주 가끔은 본의 아니게 자꾸 눈에 띄는 사람들이 있습니다. 남녀 공히, 저 사람은 배우가 아닐까 할 정도로 참 잘생긴 사람들이 있고, 운동을 많이 했는지 균형 잡히고 탄탄한 몸매를 자랑하듯 서 있는 젊은이도 가끔 봅니다. 부럽지요. 또 백인인 서양인보다도 피부가 깨끗하고 흰 젊은 아가씨들이 보이고, 또 옷을 세련되게 잘 갖춰 입은 사람들은 요즘 왜 그렇게 많은지요. 모두 모두 기분 좋은 시선이랄까요?

'아차차…' 그러다 보면 전동차가 곧 목적지에 도착하겠다는 안내방송이 들려 '이크, 환승역을 지나칠 뻔했군' 하기도 합니다.

맺음말!
그렇다면 정작 그리고 진정,
한 시대를 사람들의 시선 속에 살았던 나는,
나는 지금 어떻게 보이고 평가될까?
그것이 궁금합니다.

사랑의 유전

2023. 9. 13.

37

모기란 놈, 칙, 칙, 치이익~! 킬러 스프레이 한 방이면 끝나지요. 뱅글뱅글 도는 모양의 모기향 한 개만 피워도 되고요. 아니면 촘촘한 방충망이 있는 집이면 더 좋고요. 어쩌다 방충망의 허점을 뚫고 들어 온 녀석들은 요즘 유문등으로 해결하고요.

하지만 부채 한 자루 변변히 없는 집이 태반이던 옛날 고향 마을 이 집 저 집 마당에는 밤이면 정감 어린, 그러나 효과가 의문이던 모깃불이 있었고, 모기장을 치고 자는 집이 더러 있었지만 그 집은 부잣집이었지요. 그저 대개는 얇은 이불 홑청을 덮어쓰고 잠을 청하며, '물 테면 물어라' 하고 짧은 여름밤 잠을 설쳐야 했습니다. 가을이 와서 선선 바람에 모기가 없어질 때까지 그렇게요. 오래전 대한민국의 여름나기 풍경이었습니다.

그런 여름밤에도 어머니는 귀를 쫑긋 세우고 어둠 속에서 모기를 잡으시며 곤하게 잠든 아이들을 위해 부채질을 하셨지요. 눈만 감았다 떴다 하며 거의 밤새. 나도 우리 어머니의 부채 바람을 느끼며 여름밤을 났던 기억이 있습니다. 잠들기 전에 느끼던 그 부드럽고 시원한 어머니의 부채 바람의 기억이라니요!

9월 노염老炎이 이어지던 며칠 전, 아이들을 데리고 벌초를 하러 왔던 다음 날 아침, 아들이 밤잠을 설쳤다고 하더군요.

"왜?"

"애들 물까봐 모기 잡느라고요."

"어허, 모기가 있었냐?"

열 마리쯤의 모기를 잡고, 애들 잘 자라고 부채질해 주다 보니 밤이 깊었다는 거지요. 새끼 위하는 마음이었습니다. 아들이 그러더군요.

"옛날에 광명리(시 승격 전) 살 때, 모기가 무는 여름날 엄마가 부채질해 주시면 그 부채 바람이 너무나 좋았었어요, 아버지."

"그랬구나. 그걸 기억하니?"

"그럼요. 그게 얼마나 기분 좋은 기억인데요, 아버지! 그래서 저도 애들 모기 잡아 주고 부채질해 줬지요."

"그래, 잘했다. 아버지도 어린 시절 할머니의 부채 바람을 느끼며 잠이 들었던 추억이 있단다. 그 부채 바람이 그렇게 좋았지…."

　우리는 아침밥을 빨리 먹고 예초기를 둘러메고 뒷동산 할아버지 할머니 산소에 올라가서 3대가 함께 벌초를 했습니다. 예전에 여름이면 잠을 설치시며 모기를 쫓아 주시던 그 원조 할머니를 찾아가서요.

여의도를 오가며

어린왕자에게

2006. 10. 11.

어린왕자!

만약 우리의 푸른 별 지구에 사는 인류가 모두 죽고 겨우 한 쌍의 원숭이
만 남게 된다면 그들의 대화는 어떻게 시작될까?

어린왕자가 늘 분화구 청소를 하는 곳, 아름다운 꽃들이 피어 있는 곳, 의
자를 옮겨 가며 마흔세 번의 일몰을 볼 수 있다는 작은 B-612호 별은 오
늘도 평화롭겠지?

어린왕자!

부탄가스 통이 폭발하는 것을 본 적이 없겠지? 맥주 캔만 한 것이 순간에
폭발하면 그 소리와 폭발력도 대단하지.

만약 어린왕자의 별 B-612 소행성에 그것을 묻어 놓고 터뜨리면 그 아름
다운 별은 두 동강이 나거나 아니면 박살이 날 거야. 물론 양도 죽고 장미
꽃도 죽고 말 것이야. 그렇게 되면 어린왕자는 참을 수 없이 슬플 것이고
새로운 별을 찾아서 다시 비행을 해야 하겠지?

지구에서 밤하늘을 쳐다보는 우리들도 슬프기는 마찬가지겠지.

그러나 어린왕자가 방문했던 별 가운데 가장 크고 아름다웠던 우리의 지
구는 한번 망가지고 나면 대체별을 찾을 수도 없거니와 다시 회복할 길
이 없어.

그런데도 푸른 별 지구에서는 영악한 어른들이 '부탄가스 통'과는 비교조차 할 수 없는 힘을 가진 '핵폭탄'이란 걸 무려 2만7천 개쯤이나 만들어 놓고 전쟁 준비를 하고 있지.

그 위력이 얼마나 대단하냐 하면, 만약 2만7천 개의 핵폭탄을 동시에 또는 차례로 모두 터뜨릴 수 있다면 푸른 별 지구도 박살이 날 수 있다는 거야. 그토록 위력이 대단하니 핵폭탄은 전쟁을 좋아하는 망나니들이 서로 갖고 싶어 하는 흉기인 거지.

이론으로 말고 실제로 핵폭탄은 얼마나 무서운 무기일까?

이 지구상에서 직접 핵폭탄을 맞아 본 나라는 일본밖에 없어. 핵폭탄을 맞고는 쑥대밭이 되고 사람들이 무수히 죽었지. 무고한 한국인도 덩달아 무수히 희생됐고. 핵폭탄을 맞은 인간과 생물이 멸살된 그 비참한 땅에서 가장 먼저 살아난 것이 '쥐'와 '쑥'이었다던가?

그 이후 핵폭탄의 위력을 안 세계의 열강들은 공갈 협박용으로 만들어 놓되, 써먹지는 않거나 못 해서 그걸 착착 쌓아 두기 시작했고. 그래서 전 세계에 무려 2만7천 개의 핵폭탄이 쌓이게 됐다는 거지.

핵이 없는 주변국들은 벌벌 떨고 핵보유국은 큰소리를 치고. 말하자면 핵보유국은 막 나가는 조폭 같은 나라들이지. 그런데 모든 핵보유 혹은 보유 의심국들은 막강한 경제력을 바탕으로 혹은 '잠재력'을 가지고 핵폭탄을 만들었고 적어도 백성이 먹고 사는 데는 지장이 없는 나라인 거야.

어린왕자! 어떻게 생각해? 정말 어른들은 언제나 이상한 존재지?

B-612호 별에서 부탄가스 통이 터져서는 안 되듯 푸른 별 지구에 있는 2만7천 개의 아찔한 핵폭탄들이 제발 터지지 않기를 바라야 하는데, 그 핵폭탄 수는 늘어날 모양이야. 한반도에서도.
한반도뿐이겠나? 일본도 대만도 베트남도 필리핀도 핵을 만들겠다고 할 것이며, 결국 인류는 핵폭탄으로 폭죽놀이를 하고 끝나 버릴 것인데, 그때 이 지구상에 남는 것은 단 한 쌍의 원숭이뿐이라는 우스개로 이어지겠지?

'모든 인류가 다 죽고 단 한 쌍의 원숭이가 남았는데 그들의 첫 대화는 무엇일까?' 라는 우스개가 있어. 그 답은.

"자, 우리 다시 시작해 볼까?"

찰스 다윈의 진화론을 다시 생각해 보면서.

어린왕자!
안녕.

총장님의 찢어진 와이셔츠

2004. 7. 9.

하루는 민원인 한 분이 의원회관을 방문했습니다. 인사를
나누고 보니 모 지역 국립대 총장님이셨습니다. 공부만 하셨을
교수님, 박사님에, 머리가 희끗희끗한 국립대학 총장님이 이 힘
없는 초선의원을 인사차 찾아오셨던 것이지요…. 명함을 주고받
고는, 더워서 상의를 벗어 놓고 대화를 시작하는데, 나는 그만 총
장님의 와이셔츠 팔꿈치가 낡아서 찢어진 것을 보고 말았습니다.

인사라는 게 뭡니까?
학교 지원 좀 잘 해 달라는 거 아니겠습니까?
이런, 이런, 이런 세상에…….
가난한 학자의 모습이라든지, 차림에 신경을 쓰지 않으시는 선
비의 모습으로는 좋았지만, 그게 아니라는 생각에 마음이 불편했

지요. 학교 발전을 위하여 그렇게 구두가 닳도록 다니셔야 하는 현실에 서글픔과 분노를 느꼈습니다. 나라 살림에 문제는 없는 건지 하고요.

말씀을 다 듣고 보니 여기저기 두드리고 애원하지 않으면 아무런 지원도 없다는 뜻이었습니다. 정확하게 얘기하면 울어야 겨우 젖을 주거나, 굶어 죽지 않는다는가 봅니다. 명색이 국립대학이요 국민이 낸 세금으로 운영하는 대학인데 말입니다.

그러니 요즈음 지방 사립대 교수들은 학생을 모아들이느라고 강의 준비나 연구보다 가방 들고 고등학교 찾아다니느라 더 바쁘다는 말이 나오는 거지요.

어떤 고등학교에는 교무실 문에 그렇게 써 붙여 놓았다지요?
'교수 및 잡상인 출입금지!' 라고요.

그날 총장님을 정중하게 의원식당으로 모시고 가서 같이 점심을 먹었지요. 점심을 잡수시면서도 학교의 어려운 사정 이야기를 하시느라 식사를 제대로 못 하시는 모습이었는데, 찢어진 와이셔츠를 당신은 모르시는 것 같았습니다.

아! 가난한 학자의 모습, 그분은 부끄러움이 없는 총장님이시지만 우리의 현실은 부끄럽고 통탄스러웠습니다.

총장님! 당신의 와이셔츠는 하나도 흉하지 않았습니다.

예전에 이런 우스개가 있었지요.

사우디의 석유 부호 아들이 미국 유학을 갔는데 하루는 아버지에게 전화가 왔답니다.

아버지 "잘 있었느냐?"

아들 "네…. 그런데 학점이 잘 안 나올 것 같아서 걱정입니다."

아버지 "그래? 뭘 걱정하느냐! 그 학교 얼마면 살 수 있는지 알아보거라!"

우리에겐 대학 살릴 이런 부자나마 없을까요?

'졸태' 만상

2004. 7. 15.

39
—

덥군요. 땀나고 나른하고 졸리고…. 이럴 때, 즉 졸리고 나른할 때 '위험한' 일을 하는 분들은 조심하셔야겠지요? '위험한' 일 가운데 국회일처럼 중요하고도 위험한(?) 일이 또 어디 있겠습니까. 잘못하면 '국운'이 흔들릴 일이니까요. 국민이 생고생해야 하니까요.

국회 본회의가 계속되는데, 이런 위험하고 중요한 일을 하는 국회의원들의 회의하는 모습이 사뭇 재미있더군요.

회의 시작은 점잖고, 의기에 차 있고, 눈이 또랑또랑한 의원들의 모습으로 싱그럽지만 20분, 30분, 1시간, 시간이 지나면 여기저기에서 중심을 잃기 시작하는 의원들의 모습이 이채롭고 다양합니다.

초선의원들은 졸지 않으려고 무지무지 노력하고, 다선 의원들은 기술적으로 졸고 선수(당선 횟수)가 높은 의원들은 아주 대놓고 쉬는 모습이시고. 세상에나 배짱이시더군요.

절하는 인형처럼 서서히 서서히 구부러지다가 '아차! 졸고 있군!'을 느낀 의원은 구부리던 속도 그대로, 반대 방향으로 서서히 서서히 허리를 펴며 '안 졸았음'을 연기하고, 어떤 의원들은 로댕의 생각하는 사람이 되어 버립니다. 고난도 기술이지요.

가끔은 과격하게 '좌파'와 '우파'를 넘나드는 의원이 있는가 하면 약간은 참회하는 자세로 구부러져 조는데, 그때 방송 카메라가 잡고 있음을 안 안내 여직원이 메모지를 전하는 척하며 깨워 드리더군요. 고맙지만 쑥스러워하기도 하더군요.

아무래도 졸기의 백미는 의장석에 계신 분들 같습니다.

의장석의 의자는 의장님의 앉은키보다 높아서 사알짝 기대면 졸기에 아주 좋아 보이거든요. 의장석에는 시간의 흐름에 따라서 의장과 부의장 두 분이 교대로 앉아 사회를 봅니다.

그 세 분 가운데 어떤 분은, 누구인지는 비밀입니다, 꼿꼿이 앉은 자세로 견디다가 대정부 질문이 지루해지자 슬슬슬 뒤로 고개가 넘어가기 시작하더니 '꺼어떡!' 놀라며 원위치로 돌아오시는데, 얼마나 '명장면'이었던지요. 그러고는 누구 본 사람 없을까 은근히 두리번두리번하시더군요.

아, 여성 의원들은 조는 모습을 보기가 어려웠습니다. 혹시 고난도 기술로 조는지는 모르겠지만요. 하품으로 대신하는 경우는 보였습니다만.

그래도 졸태 가운데 역시 '최고수'는 앉자마자 의장님의 의사봉 소리 '땅땅땅'에 맞추어 마치 취침을 허락받은 것처럼 졸기 시작하는 의원들입니다.

이쯤에서 오해를 풀고 가자면, 사실은 대정부질문은 질문하는 의원과 답변하는 각료만 있으면 되는 거라는 해석이 있습니다. 왜냐면 질문하는 의원은 국민을 대신해서 질문하는 것이고 나머지 의원들은 정족수만 채우면 되는 거라나 봅니다. 그래서 졸기도 하고 들락거리며 차를 마시기도 하고 중복되는 회의에도 참석하고요. 그런데 고놈의 카메라 때문에….

세상에 가장 무거운 것은 졸린 사람의 '눈꺼풀'이랍니다. 천근, 만 근!

지금까지 국회의사당 본회장의 회의장 '졸태' 만상이었습니다.

여러분 위험한 일을 할 때는 졸면 큰일납니다.

'졸면 죽는다!'

휴전선 근무 초병의 생각이지요?

입술이 터지고 나서

2004. 7. 25.

40

입술 가장자리가 헐었습니다, 흔히 입술이 터졌다고 하지요. 지난번 한나라당 전당대회에서 소란스런 현장 사회를 하느라 하루종일 소리를 질렀더니 그동안 쌓인 피로와 당일의 피로가 탁! 하고 터진 겁니다.

의무실에 찾아가 의사 선생님께 며칠째 잘 낫지 않는다고 했더니 헤르페스 바이러스라며 사흘 치 약을 처방해 주셨습니다. "바이러스면 2주일은 걸려야 낫겠네요" 했더니, 약 먹으면 더 커지지는 않고 차차 진압될 거라고 하시대요. 그래도 처방전을 받아 드니 벌써 낫기 시작하는 느낌이 들었습니다.

'바이러스'니 '헤르페스'니 '2주일'이 걸리느니 하지만, 사실 우리 어린 시절에 영양상태가 매우 나쁠 때, 삼복더위의 여름을 반쯤 죽어서 넘기고 나면 선선한 바람이 부는 초가을 문턱에서부터 한동네 사는 웬만한 아이들은 '주둥이' 부근이 툭툭 터지기 시작했지요. 아이들의 몸이 여름에 제대로 챙겨 먹지 못해 지쳐 있기 때문입니다.

아이들은 아침에 고단한 잠에서 깨어나면 터진 입술을 깜박 잊고 기지개와 하품을 하고, 그 순간 헐었던 입가가 찢어지면서 다시 피가 나고, 그러면 눈물도 찔끔 나고. 아파하는 우리들을 바라보시던 부모님은 꼭 그렇게 말씀하셨지요.

"입 커지느라고 그래. 이제 찬바람 불면 괜찮아질 거야. 입이 커져서 쌀밥 많~이 먹으라고 그러는 거란다."

어린 마음에는 그 말이 희망처럼 들렸습니다. 보리밥과 감자에 질린 우리들에게 쌀밥에 대한 기대는 이만저만한 기쁨이 아니었던 거지요. 그 햅쌀밥을 지금의 '작은 입'이 아니라, 찢어져서 더 커진 '큼직한 입'으로 푸짐하게 먹을 수 있다니요!

'바이러스'라서 2주일을 기다려야 낫는다는 의학적인 말보다, 배고픈 우리들에게 쌀밥을 많이 먹을 수 있게 입이 커지느라고 헐었다는 말씀이 얼마나 더 아름다운가 하는 생각이었습니다. 우리들은 그럴 때마다 벼가 익어가는 동네 황금벌판이 눈앞에 어른거려서 좋기만 했답니다.

기다림을 지루하지 않게 하는 어른들의 지혜는 또 있지요? 왜, 발이 저릴 때요. 발이 저릴 때 콧등에 침을 바르면 낫는다는 말도 사실은 의학적인 효능이 아니라 그 침이 말라서 증발할 때를 기다리면, 눌렸던 혈관이 펴지고 피가 돌아서 발저림이 없어지는 이치를 지혜롭게 꾸며 거짓말한 것 아니겠어요?

또 하나 아름답고 서글픈 추억은요. 한여름에 마당에 멍석을 깔고 누워 밤하늘을 바라보면 은하수가 눈에 들어옵니다. 날은 덥고 모기는 살을 뜯고 배는 고프고, 어른들은 아이들에게 희망을 주기 위해 또 아름다운 거짓말을 했지요.

"똑바로 누워서 은하수를 보거라. 은하수가 기울어져서 아직 입에 들어오지 않지? 저 은하수가 움직여서 누워 있는 입 위에 똑바로 오면 쌀밥을 먹게 될 거야. 아직 은하수가 삐딱하지?"

천체의 움직임으로 은하수의 위치가 정 가운데로 오는 때가 거의 햅쌀이 나오는 추석 무렵이니 거짓은 아니지만 은하수를 보며 밤마다 가을이 오기를 기다리게 하는 어른들의 아름다운, 그러나 서글픈 추억의 지혜입니다.

불후의 명답

2004. 7. 27.

41

국회의원이 되어 법을 만드는 일을 해야 하니 요즈음 '헌법'을 읽으며 기초공부를 다시 하고 있습니다.

'유구한 역사와 전통에 빛나는 우리 대한민국은 3·1운동으로 건립된….'

대한민국의 헌법은 이렇게 시작되는 전문과 제1장 총강부터, 제10장 헌법개정까지 모두 130개의 법조항과 부칙 6조항으로 되어 있습니다.

그런데 대한민국헌법 제1조, 그것이 40여 년 전 중학교 시험 시간에 말썽을 일으킨 적이 있습니다.

문제① 다음 문장의 ( ) 속에 들어 가야 할 적당한 말은 무엇인가?

대한민국헌법 제1조 ①항은?
'대한민국은 ( ) 공화국이다.'

대부분의 학생들이 문제를 포기하였고 간혹 우수한 학생들이 '민주'라고 써서 점수를 받았는데 빈칸 공포증을 가진 어떤 학생이 그만 불후의 명답을 써내고 맙니다. 그 '명답'은 잠시 후에 공개하겠습니다.

헌법을 다시 읽으며 새삼스러운 것은 그 136개의 법조항대로 이 나라를 이끌어 간다면 정말로 대한민국은 이상향이 될 것이라는 생각이었답니다. 이상향, 그러니까 유토피아의 원래 뜻은 '이 세상에 없다'라고 합니다. 그래도 우리가 꿈꾸는 세상인 만큼 그와 비슷해질 수는 있으라고 희망을 버리지 않는 걸 겁니다.

놀라운 것은 우리가 많이 들어서 아는 '행복 추구권'이니 '거주 이전의 자유'니 '신분에 의한 차별금지'니 '양성평등'이니 하는 내용은 물론 '발명가, 예술가'의 권리를 법률로 보호한다는 조항까지 있더군요. 그렇게 세세한 부분까지 제정되어 있다는 사실은 처음 알았습니다. 헌법은 정말로 '완벽한 법'이 아닐까 하는 생각까지 했답니다.

자! 40년 전 중학교 동창이 쓴 답은 과연 무엇이었을까요.

'대한민국은 (남녀)공화국이다!' 였습니다.

선생님은 거의 기절하시고 학생들은 뒤집어졌습니다. 별 잘못도 없었지만 선생님께서도 웃음을 참으시며 사랑의 매를 드셨습니다.

"야, 임마! 너 나와. 뭐야? 대한민국이 남녀 공화국이라고? 너 이짜슥 '남녀공학' 이 맨날 소원이니까 이따위 답을 썼지? 픽!"

시험지 빈칸 방치 섭섭증 때문에 썼던 불후의 명답 덕분에 우리는 즐거웠고 친구는 공매를 얻어맞았던 기억입니다. 이름도 가물가물할 만큼 긴 세월이 지난 지금 그 친구는 어디서 무엇을 하고 있을까요.

하긴 대한민국은 '남녀공화국男女共和國' 이 맞지 않나요?

남자와 여자가 평등하고 조화롭게 살아가는 나라.

"친구야! 지금은 네 답이 정답이야!"

그 친구 알고 보니 선지자였습니다.

특特자 좋아하는 대한민국

2004. 7. 28.

'보통'보다는 '특特'이 좋겠지요. 그러나 그 '특'도 어쩌다 한 번이어야 좋지 않을까요? '특'이 너무 많아서 그다지 특별해 보이지 않는다면, 그 '특' 자 무감각증은 큰 문제가 될 것입니다. 결국 '특'의 본의는 자취를 감출 것이고요.

일례로 '특검'이 난무하는 지금 세상에 '특검'이 진정 '특검'으로 여겨질까요? '또 특검이야?' 정도가 돼 버리지는 않을지요. 생각해 봅시다. 우리 주변에 '특' 자가 붙은 경우가 얼마나 많은지요.

설렁탕 짜장면에도 특! 생방송도 특별생방송, 특별회견, 특집 다큐멘터리, 특단의 조치, 특강, 특수강도, 특별단속, 특명, 특수면허, 특공부대, 특별면허, 특실, 특가, 특미, 경제특구, 특별공연,

특별우대, 특기생, 특별면회, 특임장관, 특상품, 특별조치법, 특별시, 특별자치도까지.

원 세상에 '서울시'면 됐지 특별시는 왜 붙여 놓았는지요. 그래서 그 서울시를 이끄는 시장은 특별시장이며 그 아래 공무원들은 특별시공무원이 되는군요. 그 외는 보통시장에 보통시공무원이라도 되는 건지요. 법리상이 아니고 논리상 말씀이지요.

이렇게 '특'자를 아주 좋아하고, 무신경하게 남발하는 데는 문제가 있다고 봅니다. 정말로 특별해야 할 일에도 의례 붙인 표현으로밖에 보이지 않을 겁니다.

음식을 제대로 즐길 줄 아는 사람들은 메뉴에서 음식을 골라 주문할 때 '특'자가 붙었거나 이름이 요란한 것보다는 그야말로 '보통'에 간혹 그 음식점의 옥호屋號가 붙은 음식을 주문한다고 합니다. '보통 진찰'은 대충대충 건성건성 하고, '특진'은 의사가 귀를 쫑긋 세우고 하는 거라면, 그것은 실력이 없거나 의롭지 못한 의사나 할 일입니다.

저도 경험했지만 그냥 '생방송'이면 됐지, '특별생방송'은 뭘어떻게 다르게 하는 건지 모르겠더군요. 또 그저 '다큐멘터리'면 됐지, '특집 다큐멘터리'면 또 얼마나 다르겠습니까? 그냥 '조치'면 됐지 무슨 '특단의 조치'며, '강의'면 됐지 무슨 '특강'입니까? '명령'이면 충분하지 웬 '특수명령'이 다 있습니까? '검사'가 있고 '특별검사'가 있는 것도 알고 보면 검사가 할 일을 제대로 못했거나 못하게 해서 생긴 명칭 같은데 그런 점이 모순이라는 생각입니다. '특' 자는 아껴 써야 합니다.

게다가 아주 자연스럽게 '초'가 판을 치기 시작한 지 오래입니다. '초' 자가 '특' 자 위에 붙은 것이지요. 초특가, 초특급, 초일류, 초절전, 초호화, 초스피드.

이제 곧 초특별기회, 초특급설렁탕, 초특별생방송, 초특별회견, 초특단의 조치, 초특별강연, 초특수강도, 초특별단속, 서울초특별시, 초특별시장, 초특별시민이 탄생할지도 모르겠군요.

대통령이 있고 각료가 있고 비서진이 있고 경호원이 있고 가족, 친구, 지인이 있으면 그만이지 '측근', '최측근'이 따로 있다는 표현이 가능한 세상이어야 한단 말인지요. 대통령 옆에 최측근이 있고, 그 옆에 측근이 있고, 그 옆에 먼 측근이 있고, 아주 먼먼 측근이 있고, 그 옆에 겨우 각료와 비서진과 경호원이 아주 멀리 있다는 말입니까?

말이 순한 세상이 아름다운 세상이며 진실한 세상입니다. 우리 조금씩 조금씩 서로 덜 강조된 말을 쓰는 것이 좋지 않을까 하는 '특별 부탁'을 드립니다.

여러분의 생각은 어떠신지요. 여러분의 생각을 듣고 싶습니다. 아주 '특별히'.

아무리 특特이니 초超니 덧붙여 꾸며 놓아도 그 본질을 꿰뚫어 보는 눈을 가진 사람은 속일 수 없습니다. 아무 말 하지 않아도 진실을 읽어 내는 혜안을 가진 사람은 본질을 압니다. 마치 청마 유치환 선생이 소리 없이 바람에 나부끼는 깃발을 보고 그 '아우성'을 헤아려 시를 쓴 것처럼요.

만추晩秋

2004. 10. 28.

　국정감사를 끝내고 돌아와 보니 세상은 어느새 늦가을로 접어 들었습니다. 만추입니다. 로버트 프로스트의 '걸어 보지 못한 길'을 남기고 '국감의 길'을 나섰었는데.

　그 시詩에 그랬지요?

　'서리 내린 낙엽 위에는 아무 발자국도 없고 두 길은 그날 아침 똑같이 놓여 있었습니다. 아! 먼저 길은 다른 날 걸어 보리라!'

　생각했지요. 인생길이 한번 가면 어떤지 알고 있으니 다시 보기 어려우리라 여기면서도.

　'방송의 길'을 걷다가 그 길을 막는 사람들이 있어서 그만 접고, 지금은 '정치의 길'로 들어섰는데, 후일에 '먼저 길'을 또 걸어갈 수 있을지는 그 누구도 모르나, 이 '서리 내린 길'을 걸어가며 많은 생각을 했습니다.

국정감사. 처음 하는 일이라 긴장되고 힘도 들었습니다. 아무리 좋은 의견을 내놓아도 세인의 관심은 온통 고함과 삿대질과 정쟁으로만 몰리고 말더군요. 방송과 신문에서 그 장면만 조명하고는 국회에서는 왜 싸움만 하느냐고 질타하더군요. '아, 그렇구나! 나도 방송할 때 그랬구나…' 하는 반성을 했습니다.

무엇을 잘했는지, 무엇을 잘못 했는지 그런 것은 국민의 기억과 판단에 맡기기로 하고, 국민의 세금을 잘 썼는지, 엉터리로 썼는지는 공복들의 양심의 울림으로 대신해야겠습니다.

국정감사를 끝내고 난 날, 국회의사당을 바라보며 느낀 소감입니다.

'관점觀点'

국회의사당 앞에는 두 개의 높은 게양대가 있습니다. 하나는 태극기를 거는 것이고 하나는 국회 깃발용입니다. 아마도 똑같은 길이로 만들어 세웠을 겁니다. 몇 밀리의 차이는 있을 수 있겠지만요.

그러나, 그러나 말입니다.

시각視角과 관점觀点을 달리해 보니 그렇지 않았습니다.

태극기 게양대 쪽에서 보니 분명 태극기 게양대가 더 높아 보였습니다. 아니, 높았습니다. 조금 높은 것이 아니라 '아주' 높았고, 태극기도 크게 보였고, 국회 깃발은 우습게도 '작고 낮게' 보였습니다.

이번에는 다시 반대쪽에 서 보았습니다. 국회 깃발 게양대 쪽에 섰지요. 국회 깃발 게양대 쪽에 서서 보니 분명 국회 깃발이 크고 게양대는 더욱 높았습니다. 태극기는 깔보이는 높이였지요.

나의 관점 또한 그러했겠지요.

혹은 우리가 논쟁할 때 그런 관점에서 서로를 보았던 것은 아닌지 모르겠습니다.

균형감각을 잃지 말고 중앙에서 보아야 제대로 평가할 수 있는 것 아닐까요? 의원의 눈도, 장관의 눈도, 총리의 눈도, 기자의 눈도, 카메라 기자의 눈도, 국민의 눈도.

해바라기 피는 마을 촌장 이계진의 생각입니다.

국회 목욕탕

2004. 11. 3.

44
—

국회에는 간단한 사우나를 겸한 대중탕 같은 괜찮은 목욕탕이 있습니다. 그전부터 있었던 것인데 갑자기 샤워가 필요할 때, 밤새 일을 하고 아침에 집에 다녀올 새가 없을 때, 조깅을 한 후, 술을 먹은 다음날 주독을 풀 때, 이 목적도 컸을 것 같군요. 이런 경우에 유용합니다.

탕 이용 요금은 연회비제로 60만 원입니다. 매일 이용하든 1년에 한 번만 이용하든 60만 원이면 '땡' 입니다. 매일 이용하면 하루 2,000원 꼴이지만, 한 번만 이용하면 목욕 한 번에 60만 원인 셈입니다.

개원 초기에 있었던 MBC가 주최한 화합마라톤에 참가하고 나서, 씻을 곳을 찾다가 그만 덜컥 공양미 3백 석 약속하듯 회비를 약속해 버렸습니다. 흑흑, 피 같은 세비 60만 원….

처음엔 '웬 목욕탕?' 했는데, 이용해 보니 목욕탕이 있어야겠더라고요. 연회비를 내고 한 5개월을 그냥 지냈지만요. 며칠 전 회비를 낸 지 5개월 만에 처음으로 입탕入湯을 해 봤습니다. 실은 회비가 너무 너무 아까워서 들어가 본 겁니다. 5개월 전에 물정도 모르고 회비를 덜컥 냈으니까요. 요즈음은 가끔 이용합니다.

'黨'

국회의원들은 당黨은 달라도 탕湯은 같이 씁니다. 그래서 여야 의원들이 탕 속에 들어가 있으면 '한탕속'이 되는 겁니다. 벌거 벗은 의원들은 원초적으로 아무 구별이 없습니다. 옷 입고 당의 깃발 아래 섰을 때만 여당과 야당이 있습니다.

어제, 그러니까 11월 2일 오후에 격렬한 의원총회를 마치고 땀을 씻으러 목욕탕에 가 보니 마침 탕 안에는 나까지 모두 4명의 의원이 있는데 여당 2명, 야당 2명이었습니다. 팽팽했지요.

사실은 탕에 들어 오기 직전까지도 서로 다른 회의실에 모여서 각 당끼리 '죽이자! 죽여, 죽여! 용서 못 해! 끝장 봐!'라고 외 쳤을 터인데 벌거벗은 탕 안에서는 '모두 점잖고 교양있다고 생각할 수밖에 없지 않을까?' 하는 생각을 지울 수가 없었습니다. 이런저런 비정치적인 이야기도 하고 분위기가 괜찮았지요.

샤워를 마치고 생각하니, 이 당, 저 당 할 것 없이 모두가 '한탕 속'인데 왜 대립은 계속돼야 하나 하는 의문이 들었습니다. 그놈의 '대권大權' 때문은 아닐까요?

목욕탕을 먼저 나와야 할 일이 있어서 탕을 나서기 전에 세 의원님들께 말했지요.

"먼저 갑니다, 국회 파행문제는 세 분이 해결하시지요!"

아무럼 어떻습니까, 모두가 '한탕속'인 것을.

이럴 때 떠오르는 옛 시조가 있습니다.

〈가마귀 검다 하고〉
가마귀 검다 하고 백로야 웃지 마라
겉이 검다고 속까지 검을쏘냐
겉 희고 속 검은이는 너뿐인가 하노라.

지금 누가 누구에게 검은 가마귀라고 자신 있게 말할 수 있고 비웃을 수 있단 말인가 하는 촌장의 생각입니다.

참고로 한자를 보면요, 당黨의 글자 생김새가 의미심장합니다.

의미심장합니다.
검은 것들끼리 모여있다는
뜻 같습니다.

속기사들, 불쌍하다

2004. 12. 10.

45

나는 국회에서 일하며 '속기사速記士'가 되지 않은 것을 다행으로 여길 때가 많았습니다. 만약 내가 속기사라면 앞에 올린 상황을 어떻게 속기록에 남길 것인가 말이지요. 그런 의미에서 속기사가 안 된 것을 '다행'으로 생각한다는 의미입니다.

천천히 하는 말을 기록하기도 바쁜데 제각각의 속도와 제각각의 특이한 발음, 별말 별소리를 다 하는 의원들의 말을 어떻게 기록하느냐가 궁금했습니다. 하긴 그러니까 특별한 기능을 가진 전문가이겠지만요.

언젠가 국회 '법제사법위원회'에서 국보법폐지법안의 비정상적 상정 해프닝이 있던 날의 장면을 TV에서 보면서 '속기사의 속이 상했겠구나' 하고 생각했습니다.

다음날 회의장에서 속기사들에게 물어봤지요. 온갖 고함과 의사표시가 난무할 때는 어떻게 기록하느냐고요. 두 사람이 마주보고 앉아서 속기를 하는데 서로의 귀에 들린 말이 다를 터인데 어떻게 하느냐는 것이 요지였습니다. 설명을 듣긴 했는데 정리가 잘 안 돼서, 규정집을 찾아봤습니다.

「회의가 정상적으로 운영되지 아니하고 장내가 극히 소란하거나 마이크가 제대로 기능하지 못할 경우 속기사가 발언 내용을 듣지 못하는 상황이 발생할 수 있다.

이때 속기사는 보조녹음의 활용, 관계 자료의 확인 등의 방법으로 '청취불능' 부분을 최소화해야 할 것이나 부득이한 경우 청취가 불가능한 발언은 '청취불능'이라고 표기한다.

또 청취불능 상황이라 하더라도 중요한 의사결정사항 등 기록이 필요한 경우에는 '청취불능'이라고 표기한 다음 줄을 바꾸어 (…) 선을 긋고 다시 줄을 바꾸어….(이하 생략)」

오메 복잡하군요.

그런데 의원이 의정활동이나 하면 됐지 이런 것을 왜 궁금해하느냐 하면요. 역사적 사건의 한순간이 그토록 소란하고 복잡할 때 어떤 줄기를 잡아서 기록하느냐 하는 것은 매우 중요한 문제라고 여기기 때문입니다.

속기사들은 숙련된 솜씨로 부호를 써서 하지만 내가 만약 그 장면을 내 필기 속도로 썼다면 이렇게 썼을 겁니다.

그러면—뭐—야—국—안—(소란)—후다—상—야!—게—억—우루—합—그—구—억—끌—뺏—억—아—야—가—밀—막—뭔—야!— (청취불능, 엄청 소란, 개판 비슷했음, 울고 싶음)

아무리 생각해도 내가 속기사가 안 된 것이 다행입니다. 꼭 이렇게 해야 하나요? 의원인 나도 모르겠습니다.

하고 싶은 말씀 있으신가요?

너 말이야 너너너너너. 아냐, 너 말이야 너너너너… 아냐 아냐, 너 말이야 너너너너너너너…….

그래요.
'나' 말입니다.
이것으로 설전을 끝내면 좋겠습니다, 됐지요?

견자교犬子橋를
아시나요?

2005. 9. 21.

46

9월은 국정감사의 계절입니다.

국회는 국정의 기본인 법도 만들지만 국민을 대신해서 정부의 잘못된 나라 살림을 따지고 들춰내서 여러분의 세금이 바로 쓰이는지를 감시하는 일을 합니다. 민주국가의 삼권 가운데 여러분과 가장 가까운 대변자인 셈이지요.

정부가 어떻게 일을 했는지 낱낱이, 낱낱이 살피고 알아보는 국정감사. 국정감사 기간에 국회의원들은 정부의 잘못을 끈기 있게 찾아내서 따지고, 정부는 잘못이 없다고 발뺌하거나 교묘하게 감추고 변명하는 지능적인 숨바꼭질을 해야 합니다. 해마다 똑같이.

그러다 보니 국회의원은 언성을 높여 고함을 지를 때도 있고 반대로 국무위원들은 참고 참으며 요리조리 모면하거나 기술적으로 시간을 끌려고 안간힘을 씁니다. 온갖 테크닉을 동원하지요.

결국 공격하는 국회의원은 속이 시원하지 못하고 방어하는 국무위원들은 속이 부글부글 끓게 됩니다. 묘한 대립과 감정이 쌓이는 거지요. 아침부터 저녁까지 여의도 의사당에서는 긴장된 분위기 속에 거친 입씨름이 계속됩니다. 그러나 정해진 시간이 지나고 그날의 감사가 끝나면 따지던 의원이나 방어하던 장관이 언제 싸웠냐는 듯 서로 웃으며 악수하고 짐짓 신사적인 마무리를 합니다. 난 이 부분이 영 헷갈렸던 겁니다.

"수고하셨습니다!"
"더 잘하겠습니다!"

그러나 감정의 앙금을 가슴 깊이 간직한 몇몇 장관들은 얼굴은 웃어도, 가슴은 답답하여 정부종합청사로 돌아가는 길에 길고 긴 마포대교를 지나며 '더 잘하겠다'던 굳은 맹세나 '시정하겠다'던 약속은 강물에 집어던지고, 호통치던 상대 의원을 떠올리며 소리친답니다.
"ㅇㅇ끼!" "으드득 으드득!"
김장관이 소리칩니다. "ㅇㅇ의원 ㅇㅇ끼!"

박장관이 소리칩니다. "ㅇㅇ의원 ㅇㅇ끼!"
이장관이 소리칩니다. "ㅇㅇ의원 ㅇㅇ끼!"

황혼이 물들고 가로등이 정답게 빛나기 시작하는 마포대교는 "으드득 으드득" 이 가는 소리와 함께 "ㅇㅇ끼!"란 고함이 줄줄이 이어진답니다.

그러기를 수십 년 세월. 그리하야 '마포대교'를 '견자교犬子橋' 라고 부르는 사람들이 생겼다는 '전설따라 삼천리'였습니다.

'조로아스터 교의 기도문'을 소개하며 이 글을 맺으려 합니다.

〈여섯 가지 참회〉
내가 생각해야만 하는데도 생각하지 않은 것과
말해야만 하는데도 말하지 않은 것
행해야만 하는데도 행하지 않은 것

그리고 내가 생각하지 말아야 하는데도 생각한 것과
말하지 말아야 하는데도 말한 것
행하지 말아야 하는데도 행한 것

그 모든 것을 용서하소서!

아, 국정감사

47
___

국정감사가 끝났습니다.

칭찬하고 감사感謝할 곳은 감사感謝했고 질책할 곳은 무섭게 감사監査했지요. 국회나 감사를 받는 기관이나 서로 고생했고 힘들었지만 보람이 많았습니다.

어수선하게 시작된 국감기간이었지만 이번 국감은 과거와는 달리 폭로 의혹제기, 고성난무보다는 '정책국감'이 자리잡고 있다는 느낌이 강했습니다.

물론 아직도 '싸움하기'에 재미를 느끼는 풍경이 없지 않았고, 제출요구 자료가 과다했다는 생각과 함께 쓸데없는 자료가 산더미 같다는 생각도 들었고, 경쟁적인 정책자료집 만들기는…, 글쎄요.

한 가지 새로운 풍속도는 PC를 이용한 현장 화면이나 증거자료 제시 등이 유행하기 시작한 것인데 공과의 평가는 두고 볼 일입니다.

어쨌거나 산더미 같은 국감자료를 살피며 국정의 잘못된 부분을 찾아내려고 밤새 일하느라 죽을 고생을 했던 보좌진들에게 감사합니다.

의원들도 고생이 좀 있었지요. 나도 국감기간에 한 사흘 죽을 듯 아팠던 몸살로 자리에 눕기도 했습니다.

그렇게 국감이 끝나고, 어느 날 국회의원회관 목욕탕에 가 보니 샤워하는 어느 의원의 등에 턱턱 붙인 파스와 줄줄이 찍힌 뜸 자국이 눈에 띄었습니다.

어쩌다 국회의원이 되어서는 죽어라 몸으로 부딪치고, 때로는 언론과 국민의 질타를 괴롭게 받아 넘기고, 지역구 일에 이리저리 쫓아 다니고, 자주 술에 젖고, 무리한 밤샘을 하면서도 겉으로는 하회탈처럼 웃는 얼굴로 씩씩하게 의정활동을 합니다.

이른 아침 벌거벗고 들어선 목욕탕에서 감출 것이 없는 동업자끼리 만나면 서로 격려를 합니다.

"뉴스에 나오더군요!"
"신문 잘 봤습니다!"

"어이구 죽겠네, 견딜 만해요?"

"당신 참 대~~~단해!"

목욕탕 구석구석에서는 양치질하며 '우엑우엑' 헛구역질 소리가 요란하고 카메라 렌즈 앞에 서려고 면도하고 물줄기 거센 샤워기 아래서 비누 거품 내며 몸과 마음을 씻어 내는데, 그들의 등 돌린 어깻죽지엔 여기저기 파스가 붙어 있고 등줄기엔 흉측할 정도로 뜸을 뜬 자국이 줄지어 있었습니다. 때로는 보이지 않지만 가슴이 뻥 뚫린 모습도 있을 건데 말입니다.

간장약 먹고, 소화제 먹고, 혈압약도 챙겨 먹고, 다시 그들이 목욕탕을 나설 때는 그래도 멀끔한 모습입니다.

여러분, 혹 시간이 있으시면 고 정채봉 님의 『그대 뒷모습』이라는 수필집을 읽어 보시기 바랍니다. 인간의 참모습은 꾸며진 앞모습이 아니라 가끔 그 뒷모습에서 볼 수 있다는 겁니다.

난감한 그 이름
2006. 12. 5.

48

오늘은 지난 12월 1일 국회 본회를 통과한 아주아주 긴 명칭의 동의안이 있어서 그 소식을 재미삼아 알려드리려고 합니다.

이런 이야기가 있었지요.

어느 귀한 집 자손이 오래 살 수 있는 묘책을 찾다가 이름을 잘 지어야 한다는 속설을 믿고 온갖 장수長壽의 뜻이 담긴 이름들을 줄줄이 이어 붙이고 보니, '김金 수한무 거북이와 두루미 삼천갑 자…(이하생략)'라는 아주아주 긴 이름이 되고 만 겁니다. 어느 날 그 아이가 물에 빠져 허우적거린다는 급한 소식을 전해야 했는데 길고 긴 이름을 부르느라 시간을 지체해 결국 귀한 아들이 물에 빠져 죽었다는 이야기가 있지요.

나는 17대 국회에 들어와 처음으로 의정활동을 했기 때문에 과거의 일은 잘 모르지만 아마 우리나라 의정사상 이렇게 긴 제목의 법안, 동의안, 결의안, 청원 등이 통과된 적은 없지 않을까 합니다.

본회를 진행하는 이용희 부의장님도 동의안 제목을 말할 때마다 자꾸 버벅대며 웃으시고 제안 설명을 하러 나온 의원도 너무 긴 동의안 제목을 읽느라고 힘들어하고 듣는 의원들은 재미있다고 낄낄거렸습니다.

도대체 어떤 제목의 동의안인가 궁금하실 테지요?

「대한민국 정부와 러시아연방 정부 간의 외기권의 탐색 및 평화적 목적의 이용 분야에서의 협력과 관련된 기술보호에 관한 협정 및 2006년 10월 17일의 대한민국 정부와 러시아연방 정부 간의 외기권의 탐색 및 평화적 목적의 이용 분야에서의 협력과 관련된 기술보호에 관한 협정에 관한 의정서 비준동의안」

모두 126자에 달합니다.

무슨 동의안인지 내용 파악이 되십니까? 이보다 더 긴 제목의 법안이나 동의안이나 결의안이나 청원 등이 있었는지 모르겠군요.

사탕, 그리고 영원한 사랑

2009. 7. 22.

49
—

사탕. 세상이 변했어도 아직은 어린이의 먹고 싶은 맘을 달구는 군것질의 대명사며 상징이지요. 나는 술도 좋아하지만 여전히 아이스크림이나 사탕 같은 단것도 좋아합니다.

오늘 사탕 한 개를 먹다가 문득 초등학교 시절 나의 은사님 생각에 눈물이 핑 돌았습니다. 그 이야기를 하고 싶습니다.

아주 오래전 이야깁니다. 55년 전, 내가 초등학교 2학년일 때 담임 선생님이셨던 우리 은사님은 어여쁘신 여선생님이셨습니다. 아직도 그 모습이 생생합니다. 검은 비로드 치마에 흰 저고리를 입으시고 멋진 퍼머넌트 웨이브 머리를 하셨던 선생님은 아마 서울쯤에서 오신 것 같았지요. 그때 선생님은 꽃다운 스물한 살이셨을 겁니다.

내가 오늘 먹었다는 사탕은 아주 특별한 사탕입니다. '특별한 사탕'이라는 뜻은 멀리 브라질에서 가져온 것이기 때문이기도 하지만 그 사탕을 주신 분이 바로 55년 전에 남편에 이끌려, 미지의 나라로 이민 가신 '나의 은사님'이셨기 때문입니다.

올해 초, 설 무렵에 남극 세종과학기지를 다녀온 적이 있습니다. 그때 가고 오는 길에 브라질을 경유했는데, 상파울루에서 꿈과 같이 선생님을 만났으니 실로 55년 만이었습니다. 선생님의 머릿결은 '매기'의 머릿결처럼 백발이 되셨습니다.

선생님은 우리와 헤어진 몇 년 후인 1961년쯤에 바닷길로 배를 타고 이민을 떠나셨다니까, 한국을 떠난 지도 50년의 세월이 흐른 겁니다.

실은 영영 못 뵐 것 같던 선생님을 내가 방송국에 있던 15년 전에, 국내에서 극적으로 만난 적이 있는데 그때 그 '극적인 만남'은 여기서 다 이야기하기 어렵습니다. 한 가지만 언급하자면 초등학교 시절, 가족이 없으셨던 선생님은 우리 집안과 숙식하며 가족처럼 지냈기 때문에 이산가족을 만나는 느낌이었다는 겁니다. 그 무렵의 이야기는 소설 같고 영화 같은 이야기가 이어집니다.

아마 내가 3학년쯤 되던 해였을 겁니다. 1955년으로 계산되는

데, 어여쁘신 우리 선생님은 어떤 국군 의무 장교의 뜨거운 사랑
을 받아들여 그분과 결혼하기 위해 우리와 헤어져 서울로 떠나셨
습니다. 그것은 거의 다시 만나기 어려울 마지막 이별이었습니
다. 나중에 안 일이지만 우리 형제들에게 부쳐 달라고 여러 차례
부탁한 선생님의 편지와 우리 누님들이 보낸 여러 번의 보고 싶
다는 사연들을 남편이 중간에서 모두 없애 버리신 겁니다.

세월은 흘러 꼬맹이였던 내가 장성해서 아나운서가 됐고, 서
울을 떠난 선생님은 뼈가 으스러지는 이민 생활의 세월을 보내시
며 우릴 가물가물 잊어버리셨는데, 십수 년 전에 잠시 귀국했다
가 기적처럼 나를 만나게 되고, 꿈속에서도 보고 싶었던 우리 가
족을 만난 겁니다. 특히 자매의 정을 나누던 55년 전 갈래머리 처
녀였던 내 누님들을!
이런 것이 인간사일지요.

올해 초 낯선 땅 브라질에서 다시 만났을 때, 최근 부군이 작고
하시어 홀로 되신 선생님은 국회의원이 돼 찾아온 제자의 체면을
세워 주신다고 우리 일행을 위해 맛있는 저녁을 사셨고, 나는 아
직 어여쁘신, 이제는 부모처럼 늙으신 선생님에게 얼마간의 용돈
을 몰래 손에 쥐어 드렸습니다. 선생님은 퍽 기뻐하셨습니다.
그러나 나와 선생님은 짧은 만남의 시간을 아쉬워하며 다시 서

울에서 만날 날을 기약하며 작별해야 했습니다.

그런데 다음 날 아침, 선생님은 아드님과 함께 엄청나게 큰 두 개의 여행 가방을 끌고 호텔에 다시 나타나셨습니다. 가방 하나는 브라질 '커피'였고, 또 하나는 '커피사탕'이었습니다. 놀라운 양이었습니다.

"아니, 선생님 웬걸 이렇게나 많이⋯."

"기운 좋은데, 가져가! 가져가서 나눠 주고 먹고 그래! 브라질 명산이야! 더 사 올까?"

나는 놀라는 표정으로 감사했지만 속으로는 퍽 난감했습니다. 만약 그 보따리를 끌고 인천 공항에 내리면 틀림없이 좋은 뉴스거리가 될 것이었습니다. 한 트렁크의 사탕과 또 한 트렁크의 커피를 들고 들어오는 국회의원 아무개! 그것은 장사할 목적의 물품 반입으로 오해를 살 만한 양이었기 때문입니다.

선생님은 '힘들지만 가져가서 누구누구네 커피, 사탕 골고루 한 봉지씩 나눠 주고 너희 애들 많이 먹어라, 음?' 하셨습니다.

달콤한 신혼 시절에 그 먼 미지의 땅으로 이민 와 고생했던 이야기와 힘겨웠던 결혼생활 이야기를 얼핏 듣고, 나는 가슴이 먹먹했습니다. 이민 생활은 곱디고운 새색시가 청춘을 바친 눈물의 세월이었습니다.

선생님은 이민 생활의 모든 괴로움을 잊기 위해 오히려 더 억척으로 일하고 또 일했다고 했습니다. 자식들 교육에 성공하고 어느 정도의 부를 이루고 나니 청춘은 가고 흰머리와 잔주름이 그 자리를 대신하고 있었습니다.

그 선생님이 브라질까지 찾아온 제자에게 귀국 편에 보내려고 그 많은 양의 사탕 선물을 준비한 것은 고국을 떠나던 전쟁 직후의 가난한 시절을 아직도 현실인 양 기억하고 있기 때문인 것 같았습니다.

선생님의 기억은 끼니가 어렵던 시절의 일들이 아직도 그대로 정지된 채 있는 것입니다. 지금도 친정의 나라에는 사탕을 먹고 싶은 아이들이 많을 것이라고 생각하는 것이었습니다.

그런 뜻이 어려 있는 어마어마한 사탕선물 보따리.

"선생님, 선물 감사합니다!"

선생님이 호텔을 떠나신 후 우리 일행은 커피와 사탕을 우리 선생님의 정이라며 인원수대로 똑같이 나누었습니다.

오늘 먹은 사탕의 사연은 그랬습니다. 커피를 넣고 만든 보잘것없는 포장의 브라질산 사탕. 그것을 입에 넣고 녹이며 오늘 나는 배고프던 시절을 아직 잊지 않고 계시는 은사님의 사랑이 문득 생각났던 것입니다. 오늘의 '사탕'은 '사랑'이었습니다.

이곳은 이계진의 수필이 있는
오솔길입니다 Ⅱ
2014. 12. 9.

50

—

「12월」

12월은 춥다. 그러나 생각에 따라서는 12월은 따뜻할 수 있는 달이다. 어려운 이웃들을 생각하는 따뜻한 마음이 모아지는 달이기 때문이다.

한 해 동안 읽고 만지고 쌓아 놓은 책들이 책상 위에 어지럽다. 나는 지금 겨울이 깊어지고 있는 이 12월에 그중 한 권의 책에서 읽었던 아름다운 이야기를 인용해 하나의 제언을 하려고 한다. 그 제언에 앞서 내 어릴 적에 본 어머니의 이야기를 먼저 하고 싶다.

어느 집이나 땟거리가 어렵던 시절인 1960년대의 기억인데, 겨우 끼니 걱정을 면할 정도의 형편인 우리 집은 알뜰하신 어머니의 살림 솜씨가 빛나고 있었다. 그러나 거기에는 어머니의 지혜와 함께 당신 스스로의 희생이 있었음을 나는 안다.

혁명이 났고 혁명정부에서는 어려운 농촌에 대해서도 '절미운동絶米運動'이라는 것을 하라고 했다. 식구들 먹기도 빠듯한 밥쌀에서 매끼 한 숟가락을 덜어내어 부엌 한 구석에 놓아 둔 절미 항아리에 모으고, 모았다가 항아리가 가득 차면 다시 마을 단위로 모아서 어려운 이웃을 돕는 데 쓴다는 취지였다.

얼마 안 되는 밥쌀에서 한 숟가락을 다시 더는 어려움을 어머니는 감수하셔야 했다. 대신, 여름에는 감자와 국수로 양식을 보태셨고 겨울에는 해가 짧은 계절이라며 혼자 점심을 거르시면서 절미운동에 동참하셨다. 허기진 배는 기꺼이 물 한 사발로 채우시면서.

'절식'이 건강에 좋은지 나쁜지는 모르나 그때 그렇게 혼자 끼니를 거르시던 어머니는 지금 아흔둘의 연세로 살아 계시니(그 다음 해 93세에 타계하심) 알 수 없는 일이다. 만약 절식이 건강에 그렇게 해롭지 않다면 뚱보가 많은 세상에, 불가佛家에 전해 오는 '오후불식'의 작심을 해 보면 어떨까 한다. 비만이 고민인 분들에 한하어!

내가 올해 읽었던 책 가운데 매우 인상적인 것은 방송작가 김

미라 씨의 『나를 격려하는 하루』라는 책이다. 따뜻한 감동과 탄성이 절로 나는 작은 이야기들이 가득한데, 그 가운데 한 편을 보면 우리가 이웃을 위해 무엇을 줄 수 있는가를 생각하게 한다.

독일이 무대로 등장하는 그 내용을 간추려 본다.

굶주림의 나날을 보내는 그 여자네 집 현관문 앞에 어느 날부터인가 주먹만 한 감자 세 개가 놓이기 시작했고, 하루도 거르지 않았다. 누가 이렇게 고마운 일을 할까 궁금했는데, 어느 날 새벽 그 산타클로스가 이웃집 할아버지라는 사실을 알게 된다.

그 여자는 제2차 세계대전으로 남편을 잃고 어린 두 아이를 데리고 살아야 하는 힘겨운 나날을 보내고 있었다. 그런 그에게 감자 세 알은 가족의 생명을 유지할 수 있는 소중한 양식이자 희망이었다. 얼마 후 그 여자는 다른 도시로 이사를 갔고, 그곳에서 직장을 얻어 형편이 어려운 대로 아이들을 공부시키며 살았다.

여전히 넉넉하지 않은 형편이지만 그 여자는 항상 그 할아버지의 은혜를 갚을 방법을 생각하며 살았다. 고민 끝에 매일 아침 한 끼 식사값인 3마르크를 나무 바구니에 저축했고, 가난한 사람들을 위해 기도하는 것으로 아침 식사를 대신했다.

그 여자는 그 후 하루도 거르지 않고 나무 바구니에 돈을 모았고 크리스마스가 되면 교회에 나가 그 나무 바구니를 가난한 사람들을 위해 바쳤다는 실화이다.

이 이야기는 인터넷을 통해 뮌헨으로부터 전해진 사연이라고 한다. 3마르크씩의 꾸준한 저축과 함께 시장기를 대신해 가난한 사람들을 위한 기도를 했다면, 그 맑고 아름다운 마음이 그 여자의 건강과 행복을 지켜 주지 않았을까?

내가 따뜻한 12월을 위해 하고 싶은 제안은, 비만을 걱정하는 불자들이 있다면 '오후불식' 하며 초파일에 들고나올 자비의 나무 바구니를 만들면 어떻겠느냐 하는 것이다.

아주 오래전 우리 어머니가 가난 속에서도 그렇게 하셨던 것처럼.

※ 당시, 이 글은 법정스님의 명에 의해 썼던 '잘 사는 사람들의 이야기' 시리즈 가운데 하나입니다.

땅도 지친다고요?

2023. 9. 8.

51
—

　대학 4학년 ROTC 하계 야영훈련 때, 유격훈련 마지막 코스로 산악구보를 마치고 나서 나는 탈진하여, 죽을 것같이 힘들었던 기억이 있습니다. 젊음이 있던 때였지요.

　요즘 가끔 듣는 말 가운데 '번 아웃!'이라는 말이 있던데 기진, 맥진, 탈진, 소진이라는 뜻이겠지요? 영어로 들으니 더 심각하게 느껴져서 '번 아웃'을 호소하는 그 사람은 다시 회생할 수 없을 것 같은 느낌에 더 안타깝더군요. '힘들다!'보다는 더 힘든 게 사실인 듯합니다.

　기진, 맥진. 이거 사람이나 동물에게만 해당하는 말일까요? 아닌가 봅니다. 인간의 대지, 우리를 먹여 살리는 어머니 같은 '땅'도 '번 아웃' 현상이 있다는군요.

제가 사는 마을에 아주 번듯하게 잘생기고 양지바른 땅에 해마다 가지 농사를 짓는 농민이 있습니다. 겨울이면 질 좋은 쇠똥거름을 산처럼 쏟아붓고 펴고 갈아엎어, 봄 농사를 대비하고 이른 봄부터 널찍널찍 밭이랑을 만들고 가지 모를 심어 튼실하게 키우고, 여름 수확기가 되면 거의 매일 밭 가에 트럭을 대 놓고 끌끌한 가지를 많이도 따서 시장에 냅니다.

재미를 못 보는 해도 있다고 엄살을 떨기도 하지만 내가 보기에는 프로의 농사 솜씨라서 그 밭 한 군데에서만도 큰 재미를 보는 것 같더군요. 땅은 대접받은 만큼 주인에게 보답하는 거니까요. 나는 그 가지밭을 지나다니는 코스에서 아침이면 걷기 운동을 합니다. 그곳을 지날 때마다, 농사는 저렇게 지어야 한다고 생각하기도 했습니다.

그러던 올해 어느 날 그 농민은 올해 가지 작황에 대해 걱정을 하더군요. 가지 섶이 너무 일찍 쇠해서 큰일이라고요. 내가 "에헤 무슨 말씀이서! 해마다 거름을 그렇게 많이 하고 정성을 다하시는데!" 했더니, 글쎄 땅이 지쳤다는 겁니다. 윤작을 하면 되지 않겠느냐고 말하니 땅심, 그러니까 지력이 소진되어 그 힘을 회복하기가 힘들고 세월이라고 표현할 만큼의 긴 시간도 필요해서 어렵다는 겁니다. 경작지의 여유가 있어서 휴경을 하는 이유를 알겠더군요. 사람만 지치는 것이 아니라, 땅도 '번 아웃!' 즉 지친다는 사실을 알게 됐습니다.

그러니 우리의 아버지 어머니들도 우리를 낳아 키우고 교육시키고 결혼시키고, 그러고도 눈감으시는 날까지 우리들 잘 사는지 걱정하시며 일생 배곯고 희생하며 사시느라 가지밭처럼 휴경 한 번 없이 기진, 맥진, 탈진, 소진되지 않으셨을까요?
아버지, 어머니 죄송합니다.

빨간 불은 희망이었다

2023. 11. 25.

52

자동차를 몰아본 사람들은 압니다. 푸른 신호등이 좋다는 것을. 그렇습니다. 장애물이나 밀리는 앞차들만 없다면 푸른 신호등이 켜져 있는 동안에 자동차는 전진이 허용되니까요.

탈무드에 이런 표현이 있답니다. 사막에서 길을 잃은 나그네에게 공동묘지는 희망이라고요. 처음에 나는 그 말을 의아하게 생각했지요. 묘지가 어떻게 희망이냐고요. 묘지가 주는 의미는 모든 것의 끝이고, 절망이고 두려움이 아니냐고요.

그러나 공동묘지가 보이면 그곳에서 멀지 않은 곳에 마을이 있다는 증거라는 거지요. 그렇습니다. 공동묘지가 있으면 동서남북 인근 어딘가에 사람들이 모여 사는 취락지가 있다는 의미이니, 길을 잃고 지친 나그네도 이제 더이상 두려워하거나 절망하지 않아도 되는 겁니다. 공동묘지는 그래서 희망인 겁니다.

운전 중에 보는 빨간 신호등 불빛은 어떻습니까? 이만큼 살아보고 내 삶의 궤적을 돌아보니, 내게 빨간 불은 희망이었습니다. '정지! 못감! 가지 마라!'가 아니라 '기다릴 것! 참아! 곧 신호가 파랗게 바뀔 거야!'였습니다.

나와 같은 경험을 하신 운전자들은 공감할 것입니다. 차를 몰아 국도를 달리거나 도시의 도로를 달릴 때, 멀리 푸른 신호등이 보이면 '아, 이번 푸른 신호등에 통과할 수 있을까?' 합니다. 물론 통과할 수 있는 경우도 있지만 푸른 불 직전에 신호가 바뀌어 브레이크를 밟아 서야 할 때가 더 많습니다. 심리적으로 그럴 겁니다.

알고 보면, 그 푸른 신호등은 앞서간 이들을 위한 불빛이었던 겁니다. 반대로, 오히려 멀리 빨간 불이 보일 때면 '곧 푸른 신호로 바뀌겠지?' 하는 희망을 갖게 되고 정속 주행을 하다 보면 정말 신호등이 푸르게 바뀌며 유쾌한 전진이 가능했던 기억이 많습니다.

돌아보니, 제 굴곡졌던 인생의 긴 궤적에도 빨간 불이 있을 때마다 희망으로 인내하고 기다렸더니 곧 푸른 신호등으로 바뀐 적이 많았습니다. 물론 신호등의 주기는 내 뜻과는 같지 않게 미리

고정적으로 입력돼 있겠지만, 나는 그 빨간 신호등 불빛을 그렇게 바라보며 적응하고 살았다는 생각입니다. 마치 사막에서 길을 잃은 나그네가 공동묘지를 만났을 때처럼요.

유년의 시절에도 힘든 일이 많았었고, 청년기에도 그랬고, 군대에서도 그랬고, 직장 생활에서도 그랬습니다. 대학생 때도 그랬고, 결혼생활도 다르지 않았으며, 아이들 문제도, 나의 건강도 그랬습니다. 자주 빨간 불이 보였지만 탓하지 않고 인내로 기다리고 잘 헤쳐나온 것 같습니다.

돌아보니, 늘 그랬습니다. 이어지고 이어지는 푸른 신호등이면 좋겠지만, 늘 푸른 신호등을 받으며 운전할 수야 없잖습니까.

시간은 촉박한데, 신호등은 빨갛고 아무래도 브레이크를 밟아 정지해야 할 것 같아 속상한가요? 결국 차를 세우고는 빨간 불 앞에서 힘드신가요? 조금만 기다리세요. 아까부터 빨갛던 불빛이니 곧 신호가 바뀌게 돼 있습니다.

돌아보니, 내게 빨간 불은 희망이었습니다!

떡볶이와 인사 한마디

2023. 12. 4.

53

다정한 인사 한마디에 지갑을 열었습니다. 떡볶이 좋아하세요? 저는 거의 '별로'였어요. 왠지 학생들, 특히 까르르 까르륵거리는 여학생들이나 혹은 젊은 주부들이 먹어야 어울릴 것 같아서요. 편견이지만요.

장사는 어떻게 해야 할까요? 저는 잘 모릅니다. 그런데 얼마 전에 고향 친구가 아들이 하는 식당에 놀러 오라며 도움이 될 좋은 글씨나 그림을 부탁하더군요. 제가 그 식당에 걸어 둘 글씨나 그림은, 쓸 줄도 그릴 줄도 모르고 해서 얼핏 예전에 읽었던 고향의 어른이신 장일순 선생의 글이 떠올라, 그걸 배운 적도 없는 서툰 붓글씨로 써다 준 일이 있습니다. 퍽 좋아하더군요.

'장사가 안 된다고 걱정하지 마라. 다 하느님이 먹여 주신다.

오시는 손님들을 하느님처럼 모시면 된다. 그러면 그 하느님들이 다 먹여 살려주신다 이 말이야.'

이런 내용이었습니다.

그렇습니다. 정말로 손님을 하느님, 부처님처럼 모신다면 장사가 안 될 수가 없을 것입니다. 문제는 식당 주인이 진정한 마음으로 변함없이 그렇게 해야 한다는 것이겠지요. 장사가 잘 돼도 변함 없이요.

다시 떡볶이 이야기입니다.

지난여름 어느 날, 자주 가는 시골 농협 마트에서 일을 보고 나오는데 출입구에 자리를 잡고 치킨, 김밥, 떡볶이를 파는 코너 주인이 냅다 큰소리로 "안녕히 가세요! 또 오세요~!" 하더군요. 거의 내 소용이 아니기에 한 번도 팔아 준 적 없는 손님인데 얼떨결에 큰소리 인사를 받고는 미안해서, "아 네, 거참 인사 한번 잘하시네!" 했더니 "저는 선생님을 잘 압니다. 저 강원도 ○○사람입니다!"라는 겁니다.

투명인간처럼 그저 내 일만 보고 지나다니던 그 코너의 주인과 나는 이렇게 서로 아는 사이가 됐지 뭡니까! 하느님이나 부처님 대접을 받은 건 결코 아니지만 그는 내게 아무 이해 관계 없이 친근감을 베푸는 수완을 보였던 겁니다.

오늘 딴 일을 보러 농협에 들렀다가 돌아오는 길에 김밥 코너 그 사람이 생각나서 들렀습니다.

"사장님은 안 계시네요? 떡볶이 2인분만 주세요!"

"포클레인 작업 구경 가셨어요."

따님인 듯한 점원이 국물을 넉넉히 퍼 주며 싸 주는 떡볶이를 들고 집으로 돌아왔답니다. 지난여름에 받은 그 사람의 따뜻한 인사 한마디가 오늘 내 지갑을 열게 한 겁니다. 몇 푼 되진 않지만요.

선사禪師와 필부匹夫

2023. 12. 22.

54

필부匹夫, 특별할 것 없는 보통의 남자라는 뜻이지요. 필부匹婦는 그런 여자라는 뜻이고요. 그러니까 '필부필부匹夫匹婦'라고 하면 특별히 잘나거나 못난 것 없는 평범한 우리의 이웃들이란 뜻이 됩니다. 이 어려운 말을 우리 세대는 중학교 교과서에 실린 글에서 배웠답니다. 국어 선생님께 혼나가면서요. 어떤 친구는 그 '필부필부'의 한자를 '사부사부四夫四婦'라고 읽었다가 교실에는 폭소가 터졌고 그 친구는 잠시 웃음거리가 됐지요. 미소 지을 수 있는 옛 추억입니다.

필부, 그러니까 그저 평범한 한 남자의 삶의 이야기를 최근에 듣고 감동하여 이 글을 씁니다. 그 남자는 지금 세상에 없습니다. 얼마 전에 세상을 떠났으니까요. 12월 모일, 혹한이 맹위를 떨치던 날 '무소유 책 읽기 모임'에서 그의 따님이 아버지의 삶의 이야기를 전해 주어서 듣게 된 이야깁니다. 이야기를 듣기 전에는 지난여름에 '부친 작고'라는 부음을 듣고 애도와 위로의 말씀을 전하고, 부조를 보냈으니, 저로서는 망인을 만나 뵌 적도 없고 하여 그저 그렇고 그렇게 천수를 다하고 영면하신 '필부'이신 줄만 알았답니다.

선사禪師, 선사는 다 아시지요. 어느 우직한 '선사'가 논을 치는 이야기가 법정 스님의 명저 『무소유』에 나오는데 그 이야기를 읽으면 큰 울림과 감동을 줍니다.

어느 해 한 스님이 흉년이 들어 절 밖 가까운 마을 사람들의 처지가 어렵게 된 것을 보고 그들을 불러 노임을 주며 절 주변에 논을 치게 합니다. 그러나 비경제적이고 무모한 일이라며 여타 스님들과 신도들의 반대에 부딪혔습니다. 말하자면 절 주변에서 벌어진 선사의 주먹구구식 논 치기는 상식적으로 계산이 안 맞는다는 거지요.

선사께서도 팔을 걷어붙이고 같이 일을 하셨지만 일꾼들의 인건비와 술값과 식대로, 절 인근의 논을 사도 훨씬 큰 걸 살 수 있을 텐데, 왜 그런 '오그랑장사'를 하는 건지 모를, 매우 이해할 수 없는 셈법의 일이었기 때문입니다. 사업의 원리는 백만 원을 들여서 일을 시작했으면 적어도 백십만 원을 벌거나, 아니면 대박이 나야 하는 거니까요.

어쨌든 반대를 무릅쓰고 코웃음을 들어가며 몇 달에 걸쳐 그리 크지 않은 논을 만들었습니다. 많은 돈을 들여 겨우 몇 마지기의 논을 만든 그 선사는 어리석었을까요? 아닙니다. 선사의 생각은 따로 있었습니다. 결국 그 선사의 어리석음으로 해서 많은 사람들이 흉년에 굶주림을 면하고 살았다는 것입니다.

다시 선사가 아닌 '필부'의 따님으로부터 들은 그 부친의 이야기입니다.

"아버지는 생전에 가족들을 힘들게 하신 일이 많습니다."

어느 해에는 집수리를 하신다며, 집수리 전문가가 아닌 가끔 만나는 열쇠 수리공에게 일을 맡기시더라는 겁니다. 그가 열심히 뚝딱거렸지만 솜씨가 말이 아니었겠지요. 열쇠나 수리할 줄 아는 사람에게 집 수라를 맡기다니! 가족들은 아버지를 이해할 수 없었다는 거지요. 이야기를 듣던 우리들도 웃었습니다. 참 답답한 아버지셨구나, 생각하며.

이야기의 반전입니다. 가족들의 그런 불만을 들으신 아버지는 그러셨답니다.

"그 사람에게 딸린 식구가 셋이다. 솜씨는 좀 모자라겠지만 어쩌겠냐."

그 이야기를 전해 들은 우리는 이내 모두 할 말을 잊었습니다.

그런 가운데 누군가가 그랬습니다.

"아! 부친께서 참 잘 사셨군요."

여기서 지금 제가 할 수 있는 이야기는 이렇습니다. '필부'이신 아버지는 흉년에 논 치시던 우직한 '선사'와 거의 동격이십니다!

광명리 언덕배기의 추억

2024. 1. 3.

55

광명리, 그곳에 살 때 나는 푸르렀답니다. 살림은 힘겨웠으나, 아이들이 크고 있었고, 부모님들이 계셨고, 내겐 젊음이 있었고, 그래서 꿈이 있었고, 희망이 있었지요. 그때 나는 병아리 티를 막 벗어나서 세상이 나를 알아보기 시작한 겨우 10년 차쯤의 아나운서였고요. 집값이 좀 싼 그곳으로 이사를 갔을 때, 지금의 광명시는 '철산읍'이었습니다. 그곳 철산읍에서 뱅뱅 돌며 집을 조금씩 늘려 가려는 아내의 노력으로 무려 네 번이나 이사를 했습니다.

서울로 입성하기 전 그곳에서의 마지막 집은 '광명리 언덕배기'에 있었는데, 여름에 홍수 피해가 없는 대신에 겨울이면 미끄러운 언덕을 오르느라 고생 좀 했습니다. 사람이 미끄러져 넘어지고 다치고, 자동차가 미끄러져 경사로에서 핑그르르 돌아서기도 했고요. 지금 그 기억의 영상들이 마구 엉깁니다.

며칠 전에는 지금 내가 사는 산골짜기에도 눈이 많이 왔습니다. 다정한 이웃이자 시골로 온 커피 명인의 집에 커피를 마시러 가서 눈 내리는 창밖 풍경을 보며 이야기꽃을 피우다가 그만, 오래전 광명리에 살던 옛이야기를 하게 됐습니다.

다시 오래전 2004년, 그러니까 지금으로부터 20년 전쯤으로 거슬러 올라갑니다. 방송을 열심히 하다가 뜻하지 않게 마이크 앞에서 강제로 밀려 나가서, 마음으로 울며 몸에 맞지도 않는 정치를 해야 했지요. 그해 몸도 마음도 지친 선거전에서 어찌어찌 승리해 처음으로 국회의원에 당선된 후 받은, 그 수많은 축하 가운데 아직도 잊을 수 없는 축하가 있었습니다.

선거가 끝난 며칠 후 멀리 부산에서 날아온 자그마한 축하 카드 한 장이 우편으로 왔더군요. 하마터면 여러 우편물 속에서 몰라볼 뻔했습니다. 지역구가 원주인데 부산에서? 고개를 갸웃하며 카드를 펼쳐 보니 나도 기억이 가물거리는 가슴 뭉클한, 다음과 같은 짤막한 사연이 적혀 있었습니다. 나는 아직도 그 축하 카드를 고이 간직하고 있답니다. 거기 이렇게 씌어 있거든요.

"20년 전 광명시에서 같이 살던 이웃 주민입니다. 제 차가 눈 내린 언덕길을 올라가지 못할 때 (함께) 차를 밀어 주셔서 올라갈 수 있었습니다. 항상 감사한 마음으로 지켜보고 있었고, 당선을 축하드립니다! 부산에서 임○○."

　잠시 눈을 감고, 눈길이 미끄러웠던 1983, 4년 겨울 어느 날 퇴
근길의 광명리 언덕배기를 추억해 봤습니다. 자주 있는 일은 아
니니까 어렴풋이 기억났습니다. 나는 그때 고물 자가용을 방송
국에 두고 눈길을 걸어서 퇴근 중이었을 겁니다. 그러다가 동네
가까이에서, 겨우겨우 미끄러운 언덕길을 오르는 차를 보고 뒤에
서 내 힘껏 밀어 힘을 보탠 적이 있었던 것 같습니다. 그때 언덕
길에 서 있을 수 없었던 그 차의 운전자는 차마 내릴 수 없어서 그
대로 가 버렸겠지요. 나는 그가 누군지도 모르지만, 그는 아마도
백미러로 나를 보았던 모양입니다. 그리고 나도 잊고 살았던 그
작은 선의를 기억해 주었던 겁니다.

　내가 그런 아름다운 마음의 축하를 받다니요. 정치적 이유로
쏟아내는 근거도 없는 비난과 마구 던져 놓고 도망가 버리는 막
말들로 상처받은 내 마음을 어루만져 주는 참 따뜻하고 진심 어
린 축하였답니다. 세월이 꽤 지난 지금도 그 축하는 내게 용기를
주고 있습니다.
　고맙습니다.

　궁금하군요. 타인을 향한 여러분의 축하 방식은 어떠하신지요.

반쪽이를 찾는 늙은 복서

2024. 1. 9.

56

여기서 '반쪽이'는 부부지간에서 한쪽이라는 뜻이 아닙니다. 쌍둥이 사이에서 한쪽을 뜻합니다. 늙은 복서라는 표현은, 지금의 저보다는 많이 젊은 나이지만 전성기의 선수를 기준으로 볼 때 체력이 많이 저하된, 상대적으로 고령의 권투 선수라는 의미입니다.

50대 초반의 늙수그레한 복서가 링 위에서 아들뻘의 선수와 격렬한 몸싸움을 하며 주먹을 날려 봅니다. 전력을 퍼부은 1회전을 치르고 난 후로부터 그는 세월의 무게를 이기지 못하고 젊은 상대 선수의 힘과 기량에 밀리며 휘청거리기 시작합니다. '곧 다운되겠군' 하는 안타까운 마음으로 지켜보는데, 심판의 안쓰러워하는 얼굴이 보일 정도로, 쓰러졌다 일어나기를 거듭하며 겨우겨우 경기를 마칩니다. 그리고 그 늙은 복서는 판정패합니다.

'세상에 이런 일이'라는 TV 프로그램을 보고 있었습니다. 안타까워하는 이윤아 아나운서의 표정이 그 상황을 잘 말해 주고 있었습니다. 퍽 희한한 일이 많은 세상이니 지금 그 늙은 복서의 행위는 여러 가지로 해석될 수 있을 겁니다. 저도 처음 프로그램을 볼 때는 '오호 건강을 위해, 나이 들어서 복싱을 하는 장년의 아마추어 복서가 있군!' 정도의 생각으로 시청했지요. 그런데 아니더군요.

그는 권투를 시작한 지 오래된, 그리고 형편없는 경력의 아마추어가 아니었답니다. 아마추어 때는 전국 대회에 나가고 프로로 전향한 후에는 체급의 타이틀에 도전해서 챔피언까지 됐던 선수였답니다. 다만 그가 권투를 시작한 뒤 정상에 설 때까지 긴 기간 권투를 했지만, 그가 바라는 꿈과 목표를 달성하지 못해 일단 운동을 포기하고 살다가 뒤늦게 또다시 권투를 하게 됐다는 것입니다.

그가 복싱을 시작한 것은 그의 잃어버린 반쪽이, 쌍둥이 여동생을 찾기 위한 방편이었답니다. 복싱 대회에 나가서 TV 중계 화면에 잡히면 여동생이나 누군가가 자기를 보고, 또는 성적이 좋아 화제의 선수가 돼서 신문 방송에 그 사연이 알려지면 여동생을 찾을 수 있을 거라는 꿈과 목표를 가지고 있었다는 겁니다. 저는 이런 유의 사연을 접할 때마다 스스로에게 묻습니다.

'내가 저 사람이라면, 나도 저렇게 할 수 있을까?'

그냥 눈물만 납니다.

젊은 시절에 권투를 할 때 챔피언이 되고 꿈꾸었던 대로 이른바 '매스컴'을 탔지만 여동생 소식은 없었나 봅니다. 그래서 그는 절망의 마음으로 복싱을 접었던 모양입니다. 그런데 왜 또 장년의 나이에 접었던 그 힘겨운 운동을 다시 시작했을까요?

지금 90이 넘은 노모가 치매랍니다. 기억이 다 흩어지고 교란된 상황의 노모지만 아주 어릴 때 잃어버린, 아니 당신 몰래 남편이 지인에게 주어 버린 쌍둥이 반쪽이 딸을 보고 싶어 하는 기억과 마음은 아직도 반짝이고 있는 것입니다. 그래서 혹 다시 천운의 기회가 닿으면 쌍둥이 여동생, 반쪽이를 찾아 어머니를 기쁘게 해 드릴 수 있지 않을까 해서 복싱을 재개했다고 합니다. 저는 그 사연이 너무나 슬퍼서 눈물로 그 프로그램을 마저 봤답니다.

엄마란 어떤 존재이고, 모성이란 건 무엇이며, 효성이란 또 어떤 것인가요? 온갖 기억이 다 망가져 버려도, 잊을 수 없는 것은 정녕 죽어 눈 감기 전에는 잊지 못하는 건가요?

그 어머니의 응어리진 가슴을 풀어 드리려고, 무리인 줄 번연히 알면서도 한 세대나 차이 나는 젊은 복서들과 링 위에서 맞서 싸우는, 죽도록 펀치를 맞아가며 다시 복싱을 하는 늙은 복서의 마음은 도대체 어떤 걸까요?

쌍둥이 두 남매가 '짠!' 하고 만나는 행운은 정말 없을까요?

이 시대,
이런 제삿날은 어때요?

2024. 1. 24.

57
___

설날이 다가옵니다.

　돌아보니, '설날'이라는 말만 들어도 웃음이 나고 가슴이 뛰던 날들이 있었습니다. 그런데 예전보다 열 배 백 배는 잘 사는데도 모두가 힘들어하는 사회 분위기라서 그런지 설날이 온다면 괜스레 덩달아 마음이 가볍지만은 않습니다. 그 이유 가운데는 조상을 모시는 차례나 제사 문제가 있는 것 같습니다. 세상이 너무도 많이 달라졌으니까요.

　먼저, 얼마 전에 한 마음 착한 저의 지인이 아주 재미있는 이야기 솜씨로 들려 준 그의 가정사가 있어 소개하겠습니다.

　그는 효성이 남다른 장남이고 서울권에서 천 리쯤 떨어진 곳에 고향이 있는데, 명절이나 집안 대소사가 있을 때면 식구를 모두 태우고 차를 몰아 휘파람 불며 휘익 다녀오기를 어렵지 않게 하는 사람입니다. 양친이 구존具存 하셨던 때는 그랬습니다.

고령으로 아버지가 먼저 작고하시고, 치매이신 어머니를 고향에 있는 동생이 돌봐 드리는 상황이었는데, 동생네에게 부담을 주는 아버지 제사가 마음에 걸렸던 모양입니다. 장남이라는 소명 때문이겠지요. 그래서 어찌어찌하여 아버지 제사를 서울 쪽으로 뚝딱 모셔 왔답니다. 그냥 듣기에는 얘기가 퍽 간단하지요?

그러나 그게 그리 간단하지는 않은 모양입니다. 무형의 '제사권'을 모셔온 후로는, 그전까지 늘 시부모님께 효성을 보이고 순종하던, 사랑하는 아내의 부담감이 조금씩 표출된 모양입니다.

그가 여기까지의 과정을, 듣는 이에게 재미있게 설명을 하긴 했지만, 어쩌면 내심 아내의 무거운 마음을 덜어 주고 싶은 생각에, 웃음 띤 얼굴로 이야기한 듯도 했습니다.

나도 긴 세월 부모를 모셨고, 지금은 아이들과 설날, 추석날 차례를 지내고 날짜를 기억해서 잊지 않고 부모님 기제사를 모시는 우리 집안의 장남인 터라 그 누구보다 그의 처지를 잘 이해합니다. 불효한 표현이지만 부모님 제사 모시기가 그렇게 쉽지 않은 일인 것만은 사실입니다. 그래서 아내에게 고맙고 또 미안하기도 하고요.

그의 이야기를 듣고 하루가 지난 뒤 나는 전화를 걸어 그의 마음을 헤아려 주며 다음과 같은 제안을 했습니다.

"어제 얘기 재밌게 잘 들었어요. 나도 장남이니까 그 마음 잘 이해하고, 한편으로는 위로가 될 좋은 방법이 무엇일까도 생각해 봤어요. 음, 이렇게 해 보면 어떨까요? 시대에 맞추어 바꿔 보는 겁니다."

전통과 관습을 바꾼다? 바꿀 수 있으면 바꿔야지요!

실제로 저는 아버지 어머니가 돌아가신 뒤에 제사 때마다, 한문을 안 배운 세대를 위해 뜻도 모르는 한문투의 '축문' 대신 아주 쉬운 우리말로 '추도문'이란 걸 작성해서 읽는 것으로 바꿔, 지금까지 그렇게 하고 있습니다. 이런 것이 개혁이고 혁신입니다. 본질을 손상하지 않는 선의의 변화니까요.

"이렇게 하면 어떨까요? 제삿날에 집에서 제사를 지낼 것이 아니라, 가족과 함께 괜찮은 음식점에, 예를 들면 아내가 좋아할 이탈리아 파스타나 피자집, 아니면 프랑스 요리집, 또는 이름난 한식집에 예약을 해 놓고 온 가족이 함께 '외식'을 하는 겁니다. 외식비는 제사 비용보다 결코 더 들지 않을 겁니다.

대신 여느 때 외식과는 달리 준비물이 필요합니다. ○○씨가 미리 쓴 추도문과 조그마한 사진틀에 넣은 아버지의 영정입니다.

가져간 아버지의 사진을 식탁 한 편에 빈자리를 내어 세워 놓고 가족 식사를 하는 겁니다. 그리고 식사를 하는 동안에 가족들이 돌아가며 아버지, 시부, 또는 할아버지에 대한 이런저런 추억을 이야기하는 겁니다.

그러는 사이 서로 간에 어떤 느낌이 있겠지요? 추모의 마음이든, 그리움이든, 옛 생각이든요. 제사의 부담이 아닌, 즐거운 마음으로 외식을 하며 지내는 제삿날! 어때요, 괜찮지 않습니까? 해마다 즐거운 마음으로 부모님을 추모하며 가족 외식을 하는 날! 해마다 그날이 기다려지기도 할 것 같군요!"

저는요, 언젠가 죽어서 아이들이 이렇게 아버지와 어머니를 추억한다면 대찬성입니다. 노령 인구는 늘어나고 젊은 세대는 줄어들고 바쁜 이 시대의 변화를 반영한 이런 제례문화의 변화, 한번 잘 생각해 봅시다. 이것은 퍽 조심스러운 제안입니다.

물론 더 좋은 생각과 방법을 적용해 보는 것은 여러분의 몫입니다.

지구촌장 이계진

어린왕자에게

2005. 4. 19.

안녕? 어린왕자!

지난 주말에는 국회 대정부질문이 끝났어.

이번 253회 임시국회에서도 대정부질문은 많이 쏟아졌지. 질문은 소나기처럼 쏟아졌고, 대답은 골프장 우산처럼 기차게 그 소나기를 받아 냈지.

누구의 대정부질문이 가장 빛났을까?

잘 들어 봐. '내 마음의 눈'으로 봤을 때 이번 대정부질문에서 가장 빛났던 질문자는 '한나라당'의 맹인 의원 '정화원' 의원과 '열린우리당'의 '박찬석' 의원이었다고 생각해.

40명의 의원들이 쏟아 놓은 질문은 국정에 긴요하고, 시의적절하고, 반드시 짚고 넘어가야 할 좋은 질문이었던 것도 사실이야.

그런데, 내가 '가장 빛났던' 대정부질문이라고 한 것은 다른 의미가 있는 해석이야. 궁금할 테니 소개하지.

정 의원님은 맹인 의원으로 장애인들의 희망인 분이자 한나라당의 자랑이지. 정 의원님의 원고는 점자点字로 작성되어 있어.

정화원 의원님의 점자 원고도 다른 의원들과 똑같은 형식의 '인사'로 시작돼. 점자 원고의 맨 윗부분은 "존경하는 국민 여러분, 국회의장과 선배 동료 의원 여러분! 그리고 국무총리와 국무위원 여러분! 한나라당 비례

대표 정화원입니다"로 시작해.

내 자리는 회의장의 맨 앞자리에 있고 바로 옆에 발언자 대기석이 있어. 정 의원님은 손에 땀을 흘리며 "긴장됩니다"라고 하더군. 대정부질문을 잘 못했을 경우에 쏟아질 '거봐 장애인이 그렇지 뭐…'라는 편견과 비난을 생각하니 땀이 나더래.

내가 그랬지 "떨지 마시고 뵈는 거 없으니까 마음 놓고 하세요"라고. 사실 정 의원님은 스스로 그런 농담을 잘하는 분이거든. 긴장 풀어 드리느라고 그랬지.

점자 원고는 '보통 원고량'의 세 배, 읽는 속도는 약 '오분의 일'이라고 하시더군.

"정의원님, 까짓거 점자 속도가 느리면 평소 실력으로 총리에게 마구 따져도 되니까 마음 놓고 하세요!"
"통계 숫자 때문에…"
"…… 여하튼 마음 놓고 하세요."

나는 답변자의 위치가 2시 30분 방향 5m쯤에 있으니 그쪽을 보고 하시라고 일러 드렸지.

생각해 봐! 어린왕자, 그분이 얼마나 부담이 됐을지….
확성기 소리로는 방향도 모르거든.

질문자 석으로 안내받은 정 의원님은 손으로 점자를 더듬어 내리며 용기 있고 여유 있는 연설과 질문을 쏟아 내기 시작했지. 간혹 읽는 손가락의 속도 때문에 멈칫하기도 했어. 그때마다 내가 긴장되더군. 그러나 아름다웠어!

모든 의원들의 눈과 귀가 쏠린 가운데 장애인들의 문제뿐만 아니라 국민 연금문제, 담배 값 인상의 부당성, 복지정책의 문제를 따졌고, 장애인을 위한 대통령선거공약 불이행을 마구 따졌어. 장애인차량 LPG지원 면세나 지하철 역사에 휠체어 리프트가 아닌 엘리베이터를 설치해야 하는 이유를 강조했지. 아 그래, '장애인 의무고용'이 부진한 문제도 따졌어. 마구마구 절규하듯.

어린왕자!
이제까지 이야기한 건 '수다'에 불과하고 내가 꼭 말하고 싶은 감동은 맨 끝부분의 이야기야.

"거창한 계획과 숫자로 치장한 대책보다는 따뜻한 정부를 바라고 있습니다. 한 조각 빵보다는 희망의 노래를 더 듣기 원합니다.

그늘진 사회에도 정부의 따뜻한 햇살이 비춰지기를 기대하면서 이상 질문을 마치겠습니다. 끝까지 경청해 주셔서 감사합니다!"

나는 이 부분에서 목구멍이 울컥거려 혼이 났거든.
의사당 본회의장에서는 보통의 발언에 박수를 치지 않는 게 관행인데, 지켜보던 의원들 사이에서 하나둘씩 박수가 나오더니 결국 여야 불문 모든 의원들이 박수를 보내며 "잘했어!"로 응원했지.
작은 감동이었어.

또 한 분은 열린우리당의 박찬석 의원이셔.
아직도 얼굴을 못 익힌 분이 있어서 처음엔 웬 시골 할아버지가 오셨나 했는데 대학 총장 출신 비례대표 의원이시라는 걸 금세 알았지.

대정부질문의 골자는 '자전거'를 많이 타도록 해서 교통문제, 경제문제, 공해문제, 도시혼잡문제를 해결하고 국민건강증진을 도모하자는 내용이었지.

어린왕자!
순진하고 생산적이고 '거물정치인'들이 콧방귀 뀌는 생산적인 외침 아냐?

외국의 예를 들며, 네덜란드 덴마크 파리 일본 등이 자전거타기 운동과

자전거 도로 확보정책을 적극 펼쳐서 성공한 예를 들어가며 열변을 토하셨지. '갱상도 포준어'로 말이야.

"자동차 너무 많아! 자동차 내삐 삐~~~(내다 버려 버리고)! 재정구(자전거) 타요! 기름절약, 갱제회생(경제회생), 만센기라(만세인거라)!"
"원하모, 그래 비싸지 않으니까 한대썩 사드릴 게요! 디스크도 난기라!"

어린왕자!
평화롭고, 생산적이고, 아름다운 정치는 이런 것 아닐까?
정화원 의원님의 절규와 박찬석 의원님의 외침!
상대가 뻔히 싫어할 싸움 거리를 꺼내 놓고 개혁이라며 들이밀고, 애국애족이라며 반대하고 싸워야 하는 현실 속에서, 나는 이 두 의원들이 가장 빛나는 대정부질문을 했다고 생각했어.

어린왕자!
어떻게 생각해?
그런 날이 올까?

별, 바람, 들꽃 그리고 양 떼!

2006. 6. 26.

밤하늘은 푸르렀고

그 하늘에는 주먹만 한 별들이 쏟아지고

바람은 맑은 공기를 마구 퍼부었고

끝없는 초원은 가슴이 탁 트이게 하고

들꽃은 소박한 아름다움의 극치였습니다.

과거와 현재가 공존하고 원시와 문명이 함께 하는 나라

하루면 돌아볼 수 있는 작고 아기자기한 나라가 아니라

가도 가도 끝이 없을 것 같은 크고 거친 나라 몽골.

머나먼 여정은 초원에 한 줄로 뻗은 낡은 포장길만 봐도 질릴

정도였지요. 운전기사의 외모가 우리와 너무나 닮아서 가끔 한

국인으로 착각하고 우리말로 말을 건넨 적도 있습니다. 그 젊은 몽골인이 모는 중고 국산차를 타고 덜컹거리며 초원을 달렸습니다.

남녀 화장실을 골라 찾고 인공의 향수를 풍기며 '한발짝만 더 가까이!'를 강요받던 서울의 화장실을 떠나 이 세상에서 가장 넓고 푸르른 거대하기 짝이 없는 천연 화장실에서 그 옛날의 실력을 발휘해서 실례를 무릅씁니다.

길가에 차를 세우고 가능한 한 차에서 멀리 걸어가 자연스럽게 남자는 우측 벌판을 여자는 좌측 벌판을 향해 해우의 일을 보았습니다.

간혹 인가가 보이긴 했지만 집이라야 서너 채, 또는 '게르' 한 동이 있을 때가 보통이고 50여 가옥이 있는 마을은 사막의 먼지를 뒤집어쓴 채 을씨년스럽게만 보였지요.

사람은 거의 보이지 않고 동네 개만 어슬렁거리고, 도대체 뭘 하고 사는지 모르겠더군요. 초원에 양몰이를 나갔는가 하지만 양떼가 있는 곳에도 사람이 별로 보이지 않았으니까요.

그 동네에 있는 공중화장실은 그래도 몸을 가릴 수 있어서 좋았는데, 두 발을 딛고 서서 내려다보니 거의 지구 반대편을 뚫으려고 시도하다 포기했는지 무척이나 깊었습니다. 여름에 본 소변이 가을이나 되어야 바닥에 떨어지는 소리가 날 듯한.

그렇게 시작된 몽골 여행은 하늘에서 본 끝없는 사막의 공포와는 달리 별과 바람과 들꽃과 양 떼, 그리고 아름다운 사람들을 만나는 아름다운 여행이었습니다.

별, 바람, 들꽃 그리고 양 떼!

2006. 6. 29. 17:25

59
—

　의정 60년사에 이런 예가 있는지 모르겠군요. 2년간 각자 부은 적금을 타서 떠난 우리 직원들의 몽골 여행, 이때만 해도 책에서 배운 '사막의 나라', '양 떼의 나라', '우리와 닮은 사람들이 산다는 나라' 에 대한 궁금증 정도였지요.

　함께 비행기를 탄 사람들의 표정에도 그런 궁금증이 보였지요. 몽골은 정말 어떤 나라일까?

　중국 천진에 잠깐 들러 급유를 마친 비행기는 얼마 후에 끝없이 펼쳐진 사막지대를 정지하듯 날고 있었습니다. 가끔 구름 조각이 떠 있지 않았다면 사막 위에서 유영하는 기분이었을 겁니다.

　네이멍구와 몽골로 이어지는 사막을 내려다보며 '자동차 길'

이 있는지 '기찻길'은 없는지 '마을'은 있는지 고개를 비틀고 봤지요. '오아시스'인 듯한 푸른 지대와 반짝이는 수면 반사를 몇 번 보긴 했지만 마을은 없는 듯했습니다. 비행기는 그야말로 '사막의 원' 위를 날고 있었습니다.

그러다가 사막 위에 이상한 형체를 발견했습니다. 마치 군사 시설처럼 보이기도 했고 무슨 우주인들이 건설했다가 사라진 흔적이라도 되는 것 같은 희한한 형태의 디자인이었지요. 영국 어디엔가 있었다는 호밀밭 위의 기하학적 비행체의 착륙 흔적이 연상됐습니다.

수없이 많은 비행기가 지나다닌 항로에 그런 형체가 소문 없이 남아 있을 리 없지만, 혹시 여러분도 잘 살펴보시고 정확히 아시면 소식 좀 주십시오.

사막에 질려 눈을 잠시 감았다가 기내 방송에 깨어 눈을 떠 보니 울란바토르가 저 멀리 보이고 그곳에는 마음도 촉촉하게 물이 보였습니다.

한강수계의 넘치는 물, 낙동강 섬진강의 넉넉한 물, 어딜 가나 크고 작은 강이 있고, 하다못해 마을에는 실개천이 있고 저수지가 있는 나라, 땅을 파면 맑은 물이 펑펑 솟는 나라.

'대한민국'은 얼마나 축복받은 땅입니까?

한국의 시골 공항만 한 국제공항과 우리 고향의 어느 한적한 다방 정도 크기의 에어로 몽골리아 항공사의 라운지. 그러나 이 나라의 스케일은 우리나라 항공사의 라운지 분위기와는 전혀 달랐습니다.

'징기스칸'이 제국을 건국한 지 올해로 꼭 800년!

울란바타르 시 외곽에 있는 산록에 새긴 징기스칸의 초상은 십 리 밖에서도 크게 보였습니다. 몽골인들은 쩨쩨하게 액자 속이나, 고작 벽화 정도로 그려 놓은 초상화가 아니라 큰 산의 허리에 새겨 어디에서 보아도 (그들에게는) '위대한 징기스칸'의 초상을 볼 수 있게 했더군요. 아직도 몽골인들에겐 대국의 기질이 남아 있다는 증거겠지요.

정다운 풍물도 있었습니다. 우리네 서낭당 돌무지 같은 것이 몽골에도 있었는데 그 돌무지를 세 바퀴 돌며 소원을 빌면 이루어진다길래 그렇게 했습니다.

세 가지 소원 가운데 하나는 '월드컵 16강!'이었지만 정성이 부족했나 봅니다.

〈먼 고향〉

진옥스님

항상 궁금했다.
5천 년 전에
떠나왔던 고향이.

초원을 달리며
마유를 마시며
천지를 호령했던 사람들.

까만 눈동자.
누런 피부
몽골반점의 고향 사람들.

친정에 처음 가는
새색시처럼 설렌다.

별, 바람, 들꽃 그리고 양떼!

2006. 7. 14.

60

    드넓은 초원과 그곳에서 풀을 뜯는, 가끔은 주인도 수를 정확히 셀 수 없다는 양 떼와 소 떼들. 아마 이 풍경이 몽골의 평균적 인상일 겁니다.

    관리는 하겠지만 저희들끼리 번식하고 자라고 늑대에 잡혀가기도 하고 혹은 죽기도 하고 주인이 잡아서 쓰기도 하고, 물론 팔기도 하고.

    몽골은 사막과 초원만 있는 곳인 줄 알았는데 수도 '울란바토르'에서 차로 한 시간쯤 간 곳에는 물이 흐르고 수목이 우거진 별천지가 펼쳐져 있었습니다.

    우리가 먼저 본 곳은 끝없는 초원지대와 황량한 건조지대를 지나, 사막이 시작되는 곳이었습니다. 그 모래 언덕에도 나무가 버티며 자라고 있으며, 뜨거운 모래밭에는 아주 자잘한 풀들이 싹을 틔우고 있었습니다. 모래는 얼마나 고운지 손에 한 움큼 쥐면 물이 흘러내리듯 모래시계의 그것처럼 사르르 손가락 사이로 빠져나갈 정도였습니다.

안내원과 몽골인들의 보호 아래 난생 처음 낙타도 타 보았습니다. 즐거움보다는 악천후 속에 사는 그곳 사람들의 삶에 새삼 경외심을 품게 되었고, 낙타는 고귀하게 보였습니다. 다만 그 큰 덩치의 낙타가 코를 꿰인 채 꼼짝도 못 하는 모습이 얼마나 불쌍하던지요.

모래바람을 막아 주는 낙타의 속눈썹은 화장한 미인의 속눈썹 같이 아름다웠으나 꿰인 코와 또 굵은 밧줄처럼 드러난 핏줄, 그리고 대접보다 큰 발굽은 강인한 생존자의 모습 바로 그것이었습니다.

사막의 풍광이 그렇게 아름다울 수가 없더군요. 황량한 사막을 실컷 보고 난 뒤 우리는 또 다른 몽골의 모습을 보았습니다.

건조지대와 사막지대를 보다가 물이 있고 풀과 나무가 풍성한 곳을 보니 별천지요, 천국처럼 보였습니다. 예쁜 펜션을 많이 지어 놓은 휴양지대의 초입으로 '테렐지'라는 곳으로 가는 길목이랍니다.

이곳에서 우리 일행은 몽골 말타기를 했습니다. 간단한 승마 요령과 말을 다루는 방법 정도를 익히고 몽골인들이 이끄는 대로 떨어지지 않도록만 하는 말타기였는데 좋은 체험이었습니다.

아름다운 '테렐지'의 시냇물과 초원과 숲이 이어지는 코스를 말을 타고 걷고 달렸는데, 승마 초보인지라 얼마나 긴장했던지 전신이 아플 정도였습니다.

카우보이들은 어떻게 그 껑충한 말 잔등에 올라앉아서 기민하게 총을 쏘고 달리고 떨어지고 했을까요? 생각해 보니, 새삼 존경스러웠지요.

이날 나의 말타기 안내인은 '사릉과'라는 몽골 아가씨였습니다. 한국인 선생님께 우리말을 배워서 우리말도 꽤 잘했습니다. 그곳에서 버는 돈과 관광객들이 주는 팁을 모으고 모아서 동생들 학비도 보태고 자기의 학비도 충당하는 효성스러운 대학생이었습니다.

몇 개월 안 되는 몽골의 짧은 여름과 가을에 그렇게 아르바이트를 해서 가족을 도우며 열심히 사는 모습에, 예전 우리나라의 산업화 시절 식모살이와 버스차장을 하며 고향에 있는 동생들을 학교 보내던 우리의 누님들이 생각나서 저 혼자 콧날이 시큰하기도 했습니다.

〈몽골 아가씨〉

진옥스님

겔 하우스의 희미한 전등불 아래서
마두금 소리에 맞추어 춤추는
몽골 아가씨는 아름답다.

아침 손님을 위해
난로에 장작불을 지피는,
눈을 살포시 내려뜬
볼이 빨간
몽골 아가씨는 아름답다.

아침 햇살을 닮은 눈빛
호수처럼 맑은 미소
파도처럼 출렁이는 머리
말 타고 달리는
몽골 아가씨는 아름답다.

옛 초가에서 만났던
수줍은 아름다움을
그동안 잊고 있었나 보다!

톤레삽 호수 위의 아이들

2007. 5. 3.

61

———

어린이날에 즈음하여 생각나는 아이들이 있습니다.

몇 년 전에 캄보디아를 방문했는데, '톤레삽'이라는 진흙탕 호
수 위에 집을 짓고 사는 수상촌 아이들이 사는 모습을 이야기하
고 싶어서요.

'톤레삽' 호수는 담수호인데 물빛은 흙탕이지만 단순히 '흙탕
물'이 아니라 주변의 오수들이 그대로 유입되는 데다가 그 호수
위에 집을 짓고 사는 사람들이 버리는 생활 하수까지 그대로 버
려지고 섞여서 역한 냄새가 날 지경이더군요. 심지어 X이 둥둥
떠다니더군요. 그 물로 씻고 빨래하고 다시 버리고, 얼마나 지저
분하던지요.그렇게 그 호수 위에 집을 짓고 살며 고기를 잡아 생
계를 유지하고 또 그들의 삶을 보려고 찾아오는 관광객을 상대로

장사를 하기도 하지요. 그 물에서 잡은 새우튀김 요리를 인상을 찡그리며 먹어 보았습니다. 맛은 괜찮던데요? 배를 타고 지나다 보니 수상 학교까지 있더군요.

말하자면 호수가 우리의 육지 같은 삶의 터전인데 아이들은 배 같은 가옥이나 호수에 기둥을 박아 세운 수상가옥에서 태어나 냄새나는 흙탕물에서 수영하고, 함지박을 타고 놀고, 학교에도 다니며 자라고 있습니다. 어쩌면 그 호수 위에서 일생을 보낼지도 모릅니다.

고무 함지 하나면 혼자서도 즐거운데 함지박 배를 타고 놀다가 홀랑 뒤집히면 스스로 함지를 다시 뒤집어 타고, 물이 새어 들어오면 생수 페트병 바가지로 물을 퍼내며 호수 위를 물고기처럼 휘젓고 다닙니다. 그 냄새나고 더러운 호숫물을 가끔 삼키면서도, 맑고 밝게 웃으면서요.

부모들은 "얘들아, 위험하다. 조심해라!"도 안 하는 것 같더군요. 아이들은 집집마다 여럿인 듯하던데, 아마 해질녘이면 엄마가 아이들이 다 돌아왔는지 인원점검 한 번쯤은 하겠지요?

우리의 아이들을 생각하니 '톤레삽' 호수의 아이들은 너무나도 나쁜 환경에서 살더군요. 6.25 직후의 우리 아이들보다도.

그러나 과연 지금 우리의 아이들과 '톤레삽'의 아이들 중 누가 더 '행복하다'고 할 수 있을지는 고개가 갸웃거려졌습니다.

대한민국 어린이 여러분,

어린이날 축하합니다!

'비만' 조심하고 운동도 많이 하고요!

아주 특별한 빙수

2009. 2. 24.

　지난겨울, 아주 특별한 빙수를 한 그릇 먹었습니다. 맛도 좋았지만 양도 만만치 않았습니다. 냉면 그릇으로 한 사발! 그 나이가 얼마인지도 모를 빙하에서 떨어져 나온 얼음조각으로 만든 아주 특별한 빙수였습니다.

　2주 정도의 일정으로 먼 곳, 남극 세종연구기지에 출장을 다녀왔습니다. 그 이야기를 전해드립니다.

　국회 CPE(국회아동·인구·환경의원연맹) 회원 자격으로, 대한민국의 남극 제1기지의 성공적인 임무 수행에 이어 제2기지 후보지를 물색 중이고, 국내에서는 쇄빙선을 건조 중인 시기에 그 실태를 보고받고 대원들을 격려하며 기후변화의 영향이 심각하게 나타나고 있는 극지를 시찰하는 다목적 출장이었습니다.

2009년 1월 23일, 서울에서 출발해 2월 5일에 돌아오는 2주간의 일정으로 대한민국 남극 연구기지인 '세종기지'를 다녀왔습니다. 일행은 황우여 의원을 단장으로 4명의 국회의원과 극지연구소장 그리고 연구원 1명 등 모두 6명이었습니다.

워낙 멀고, 곳곳에 위험 요소들이 있는 힘든 여정이라서 긴장감이 있던 일정이었습니다. 무엇보다 인내가 요구됐던 점은 순전히 비행기에 타고 있는 시간만도 편도로 40시간쯤 된다는 것이었는데 그중 서울에서 상파울루까지는 비행시간이 26시간이나 걸렸습니다. 하늘에서 밥 먹고 양치하고 영화 보고 잠자기를 수차례, 편도에만 영화를 다섯 편이나 봤습니다.

남극으로 들어가는 데는 도착지인 남극기지 쪽 기상의 협조가 있어야 합니다. 첫날은 종일 기다렸다가 '캔슬'. 다시 다음날 짐을 싸서 공항에 나가 재시도하는, 이틀간의 시도 끝에 아슬아슬하게 푼타 아레나스 공항을 출발하게 됐습니다.

3시간 반만에 남극대륙 칠레 공군기지에 도착했습니다. 선택의 여지가 없는 퍽 낡은 쌍발 프로펠러기와 그 항로를 독점하는 조종사, 부조종사와 함께 기념 사진도 찍었습니다. 그러고는 다시 칠레 공군기지에서 '조디악' 이라는 고무보트를 타고 유빙이 떠도는 남극 바다를 30분 정도 더 가야 했습니다.

이번 출장은 그 어느 때보다 대한민국 국민으로서 자랑스러웠고 보람이 컸습니다. 남극 현장에 가 보니, 그곳은 인류가 쓸 화석연료의 마지막 보물창고를 선점해서 연고를 주장할 목적이겠지만 세계의 열강들이 국력에 걸맞은 힘을 쏟아부으며 이미 미래의 자원전쟁을 하고 있다는 느낌이었습니다.

치열하나 조용한 각축이 진행 중인 그 얼음 나라에 지도에서 보면 겨우 손톱만 한 나라 대한민국이 기지를 만들고 태극기를 휘날리고 있으니 얼마나 마음 뿌듯한 일인가요? 태극기만 봐도 뭉클했지요!

천하대장군과 지하여장군이 지키고 서 있는 자랑스러운 대한민국 세종기지였습니다.

상주 인구는 기지대장을 비롯해 30여 명으로 대부분 분야별로 연구를 담당하는 박사 연구인력이지만 연구 박사들 못지않게 중요한 임무를 수행하는 단원들의 활동이 눈부셨습니다.

그들의 생명을 따뜻하게 지켜 주는 발전 담당 기사, 대원들을 먹여 살리는 최강 요리사, 극지에서 발생하는 환자를 치료하는, 말하자면 모든 과목을 해결해야 하는 만능의 의무담당자, 그리고 상주 대원을 여럿 둘 수 없어 역시 만능이어야 하는 맥가이버 설비 수리 담당자 등이 그들이지요.

상주 기간은 대략 1년. 특수한 근무환경과 제도 아래 기지에 근무하는 동안 각자 임무에 충실하고 모두 건강한 모습으로 귀국한답니다.

세종기지 입구에는 고 전재규 박사의 추모 동상이 세워져 있습니다. 동상을 마주하니 새삼 숙연해졌습니다. 남극기지 체류 중 불의의 사고로 순직한 연구원인데, 고향이 강원도 영월이랍니다. 나는 순직자 전재규 박사 동상 앞에서 잠시 묵념하는 것으로 예를 갖추었습니다.

우리가 국내에서 콩이야 팥이야 옥신각신 좁쌀을 세며 싸우고 있을 때, 세계무대에서는 한국인이 열강과 겨루며 뛰고 있더군요.

우리가 국내에서 이념 싸움에 몰두해 있을 때, 자랑스러운 대한민국 국민은 혹한과 혹서의 극지나 오지에서 죽을 각오로 일하고 있다는 겁니다.

남미 각국의 도시마다 넘치는 국산 자동차의 물결과 공항과 호텔마다 일제 가전제품을 밀어내고 걸려 있는 국산 TV 수상기는 그 결과의 산물일 것입니다.

희망의 말을 하자면, 우리는 그곳에서 우리의 경제적 역경을 딛고 세계에 우뚝 설 한국인의 뛰어난 잠재력의 한 단면을 보았다고 생각합니다.

남극대륙은 상상을 초월하는 얼음덩어리지요. 연구자들의 계산에 의하면 만약에, 만약에 지구 온난화로 남극대륙이 녹아 버린다면 오대양의 수면이 무려 60미터나 높아진다고 합니다. 57미터 설도 있고 90미터 설도 있지만 60미터 설이 설득력이 있는 것 같습니다. 그렇게 된다면 강원도, 말하자면 산이 많은 고원 지역이 가장 살기 좋은 미래의 땅이 되는 것일까요?

우리는 이곳에서 남극의 만년빙으로 만든 '세종기지표 팥빙수'를 맛볼 수 있었습니다. 또 만년빙으로 만든 아주 특별한 양주 언더락스도 맛보았습니다.

1월과 2월은 남극대륙의 여름이라 세종기지까지 밀려온 '유빙'에 소주와 조니워커를 '언더락스'로 마셔 보는 낭만을 즐길 수 있다지만, 재앙의 공포가 느껴졌다고나 할까요?

오늘 지구인들은 무엇을 해야 할 것인가를 생각할 때입니다.

건강한 봄맞이 하십시오!

그 겨울이 지나 또 봄은 오고….

아침 일찍 잠에서 깨어나 책을 읽다가
눈에 띄는 성현의 말씀을 보았습니다.
"칭찬하고 헐뜯는 말을 듣더라도 마음을 움직이지 마라.
'덕'이 없이 칭찬을 듣는 것은 참으로 부끄러운 일이며,
'허물' 없이 시비를 듣는 것은 참으로 기쁜 일이다."

이 말씀을 새기며 이렇게 생각했습니다.
"그러므로 허물없이 시비를 듣는 것에도
마음을 움직이는 일은 없어야 한다…."

한 해 동안 수고 많으셨습니다.
새해에는 더 좋은 일이 많으시기 바랍니다.
그리고 복 받을 일 많이 하시기 바랍니다.

해바라기 피는 마을

©2024 이계진

초판 1쇄 인쇄 2024년 4월 25일
초판 1쇄 발행 2024년 5월 1일

지은이 이계진

펴낸이 김윤희
기획 김윤희
교정. 교열 김정은 박현숙
디자인 방혜영

펴낸곳 맑은소리맑은나라
주소 부산광역시 중구 대청로 126번길 18 동광빌딩 501호
전화 051-255-0263 팩스 051-255-0953
이메일 puremind-ms@hanmail.net
출판등록 2000년 7월 10일 제 02-01-295 호

ISBN 979-11-93385-04-3 03810 값 20,000원